孝·亲 三部曲

亲缘

亲情延伸的心灵讲述

王学武 著

图书在版编目（CIP）数据

亲缘：亲情延伸的心灵讲述 / 王学武著. —北京：北京大学出版社，2013.10
ISBN 978-7-301-23002-2

I.①亲… II.①王… III.①散文集－中国－当代 IV.①I267

中国版本图书馆CIP数据核字（2013）第182610号

书　　　名：	亲缘——亲情延伸的心灵讲述
著作责任者：	王学武　著
责 任 编 辑：	宋立文
标 准 书 号：	ISBN 978-7-301-23002-2/G·3684
出 版 发 行：	北京大学出版社
地　　　址：	北京市海淀区成府路205号　100871
网　　　址：	http://www.pup.cn
电 子 信 箱：	zpup@pup.pku.edu.cn
电　　　话：	邮购部 62752015　　发行部 62750672
	出版部 62754962　　编辑部 62767349
印 刷 者：	北京大学印刷厂
经 销 者：	新华书店
	880毫米×1230毫米　32开本　5.625印张　128千字
	2013年10月第1版　2013年10月第1次印刷
定　　价：	24.00元

未经许可，不得以任何方式复制或抄袭本书之部分或全部内容。
版权所有，侵权必究
举报电话：010-62752024　　电子信箱：fd@pup.pku.edu.cn

contents 目录

1 亲缘（代序）/1

2 微博留住母亲生命最后六十天 /4
　　母亲以自己的顽强，为我们争得了尽可能多的守护时间，让我们最近距离感悟着艰辛一生的老人内心的善良。

3 走吧，走吧，母亲去了另外一个地方 /44
　　母亲走的时候，我没有大哭，心被掏空，大脑茫然。那一刻，看着不再有生机的母亲的面容，忽然觉得走的不是母亲，而是躯体与母亲一样的另一个人。

4 与母亲是一生的缘 /50
　　我们总是为了忙碌而忙碌，用太多的理由忘却了父亲母亲养育我们的含辛茹苦，总是等到了为人父母、自己的孩子也长大后才开始感悟至亲一生对我们的心疼，才懂得自责因忙碌而未能更好地心疼我们的至亲。

5 想让母亲再听听因她而写的文字 /56
　　懂事起从没拉过母亲的手的我们兄妹，这一次却时时地握着母亲的双手，生怕手一松母亲就会离去，而母亲也用力握住我们的手，感受亲情力量无声地传递。

6 感念，会让我们不忘从何处来 /58

乡情是亲情的延伸，母校情是乡情的浓缩。感念亲情，会让我们不忘自己从何处来，会让自己明白你是谁，又为了谁。

7 梦回 /62

重逢是老远的一声呼喊
村口相聚又相别
未问母亲，天堂是不是很远

8 从未叫过你妈妈 /64

曾经很想叫你一声妈妈
一声姆哎，是一生的亲疼一世的亲娘
很想叫你一声妈妈
可这一次你已去了天堂

9 最是两毛钱压岁的温馨 /67

过年，总让我想起小时候在大年三十年饭后，母亲给我两毛钱压岁的情形。我们把钱放在枕头下压了一晚上后，第二天（有时是第三天），都会主动还给母亲，虽是不舍得，但从不会抱怨……

10 早点回家 /71

不知从哪天开始，在母亲"早点回家"的念叨里长大的我们，将父母曾经的叨叨复制给了自己的孩子，还会加一句"注意安全"，也不管孩子听了还是没听。

11 一声"叔""姆"，一世的"老子""娘姆" /74

一辈子没叫过父亲和母亲"爸爸""妈妈"，上大学后虽然给家里写信时试图这么叫，但没了叫"叔"和"姆"的亲切，没了那种叫"叔"和"姆"时的生动。

12 珍重老人的自尊,是他们的尊严 /77

尊重父母的内心,是让老人享受有面子的自尊;倾听父母最在意的事情,是对老人内心"情结"的最大尊重。

13 冬至,怀念嫩姆 /79

记忆里,嫩姆一生很少吃到点心,难得的几次是厂里上班的堂哥给她买的饼干,但她却剪过自己盘着的长发,卖了钱,用其中的一部分给我们几个馋嘴小孩换货郎担上的麦芽糖。

14 温暖 /83

是的,在这个喧嚣的时代,何为好文字,朴实无华是否能传递心灵间的温暖?

15 生日,不只是祝福 /86

生日不仅仅是自己的,更是母亲给予我们的生命续接。生日,不只是生命里程的计量,更是生命意义的积淀。

16 你的心情有人懂 /91

真诚是向善者的资信,简单是沧桑后的不复杂,将心比心是相互理解的至要。
真诚的心灵不设防,你的心情有人懂。

17 你想我如我想你 /100

思念如故乡的小溪又如晨风习习
沥沥如雨绵绵似雾
蠕动在难尽的心语

18 一生感念 /102

　　感恩生活，才会恪守良知。感念真情，才能一生心地向善。

19（没）看见 /105

　　看，是用心、留心、有心，见，是注意到、留意到、在意到。看见的，是世界上坚强而向善的母亲。没看见的，是母亲内心的整个世界。

20 想请全村看场电影 /112

　　想请全村乡亲看一场电影，不仅仅是一个心愿。于我，感念的还有青石板路上的手电情结，它照亮了我一辈子的心路……

21 机缘，是不经意间的心地交错 /116

　　经不起念叨，说不清楚的机缘，有时实则是不经意间的一种心地交错。

22 读报时间到了 /121

　　去年回老家，得知徐老师因病于2007年12月辞世，唯有一声"读报时间到了"，遥远又恍如昨日，清晰而更洪亮地回响在我的记忆里。

23 乡情，是一杯醉不够的陈酿 /123

　　回老家，总有一种乡情深拥的感动，幸福的热泪如故乡的小溪常在心间流淌。

24 虹桥头，生命的驿站 /125

　　虹桥头，曾承载并放飞一代代威坪人梦想的码头——不论我此生途经了多少驿站，那由远而近又由近及远的动听的船鸣，时时清晰地回响在我的梦里。

25 离不了的辣酱 /129
辣酱于我，是一生的热力源，不仅相伴难忘的年代；肉熬的辣酱，更回肠荡气在四季的生活里。

26 早起，是挑水的时间 /132
祖母说过，早起的鸟儿有食吃。母亲告诉我，早起能够让人活得踏实，早起是农村人勤快的表现。而我自己，却始终认为，这世界上，有一样东西最公平——时间。

27 小学老师 /135
当两个年级都做作业时，老师总会习惯地拿出旱烟，手指捻出点碎烟丝，熟练地装在小蛇脑袋似的烟袋锅里，火柴点了，猛吸几口，像是憋坏了。

28 每一天，都是生命里的唯一 /138
酸甜也好，苦乐也罢，所有的历经，都是生命里值得珍惜的，即使经历人生的至痛，也让我们于前行的旅程中学会更加从容。

29 校友邵老 /140
"我不会忘记，62年前那个炎热的夏天，我这个农村的孩子，肩挑被褥、菜筒和其他生活用品，步行80里，第一次跨进了淳安中学的大门。"

30 我爱家乡的千岛湖 /144
没有温馨，不会悟到风的力量；没有北国风的体验，也不会悟出南国水乡风光的幽雅。

31 家有四猫 /148

感恩之情，不只是人类相通，动物的感恩之心或许比人类更重，只是我们未必能读懂它们。不管你有多喜欢或不喜欢，学会感悟已在自己生活里的小动物，学会包容，学会与它们相处，客观上也历练着心性。

32 拥享平凡不容易 /154

平凡应是不焦虑，更是客观待己的生命常态。不论你多成功或多富有，如果保有一颗平凡的心，你会倍加幸福。也不论你曾有过怎样的挫败或不如意，如果不放弃平凡的心境，你就会体味生命更多的美好。

33 路 /158

从生活的意义上说，有怎样的梦想，就可能选择怎样的路。从内心出发又回归内心，是每个人的心路。

34 打不通天堂的手机 /164

电话，于我，是亲情的承载；于我的父母，是对孩子的牵念。手机，如亲情的图腾，时常感念在我的生命里。

35 亲情，需要整理（代后记） /170

1 亲缘
（代序）

人的一生有很多缘。

女儿三岁半时，我第一次带她回老家——安川，千岛湖的一个小山村。从小就不习惯别人抱的女儿第一眼见到我母亲，就老远边叫着奶奶边跑到早已候在村头的我母亲的怀里。那一刻我开始理解，不管语言是否相通，也不管彼此是不是第一次相见，血脉之缘，是生命里最奇特的亲和与生俱来的情。

更深切地感受血脉之缘，是父亲的辞世。母亲和妹妹告诉我，头天晚上，从昏迷中醒来的父亲出着虚汗几次声音微弱地问："学武什么时候回来？我可能等不到他了。"而从机场往老家赶的我最终未能见父亲最后一面。那个时候，我突然明白了，总有一天，我们都躲不开血缘带来的痛。

因血脉而来的亲情之缘，有时又是一种深藏于心底的不自觉的情愫。就像我们兄弟或兄妹之间，父母在时很少联系，不同性格不同经历形成了对家、对父母不同的心性。我们甚至从未合过影，但今年清明，因为扫墓，兄弟三个不约而同回到家。因为清明，又是第一次合影，弟弟和我无需言语地让哥哥站在中间。回北京那天早晨，我们跟妹妹也在湖畔合了影。聚了，依旧不相约。他们都要给我火腿，告诉我说是土猪肉，北京吃不着。我说，自己留着吃吧，路上带着麻烦。那个时刻，我在内心柔软地告诉自己，不论我们为照顾父亲或母亲有过怎样的摩擦或不愉快，亲缘却一直驻留于心，纵使依旧各自过着各自的生活，依旧不知道下一次的不约而同会是什么时候。

　　血缘亲情，是亲疼之缘，乡情、友情，是亲情在延伸。相逢是缘、相知亦缘，相爱是缘、相携亦缘，父母是缘、儿女亦缘，手足是缘、朋友亦缘。因亲疼而相通的心灵之缘，是心灵向近的亲缘。当一位杭州朋友从网上买了我的博文辑录《亲疼》，出差来京专门约我签名留存时；当一位应是 80 后的未曾相识的朋友，通过北大出版社买了好几本《亲疼》，并托人找我签字留念时，心被深深地感动。《亲疼》出版后，这样的事遇到不少。这一份亲情感念的相通，温暖相识或未曾相识的心灵。

其实，不管我们一生有多少缘，缘，就是生命里的一份亲近；亲，是血脉之情的延伸。亲缘，是至亲间血脉相连的心灵交互，又是世间亲情相通的心灵亲近。亲缘，是感念血脉之亲的心缘，又是敬畏亲情敬畏生命的情缘，传递的是世间的温软。

一生的亲缘，很长，却又很短。只在今生的缘，时常被我们疏忽、被我们遗落。

2 微博留住母亲生命最后六十天

一直到母亲离世,我们都没忍心说出那个可怕的字。

母亲2012年8月3日因肝腹水、肚子疼住院,8月7日确诊胰腺癌晚期,10月2日辞世。不告诉母亲,是因为节俭一生的母亲,如果知道自己得的是不治之症,一定会坚执着回家,不会再在医院治疗,而那样,老人会更受病痛折磨。

母亲以自己的顽强,为我们争得了尽可能多的守护时间,让我们最近距离感悟着艰辛一生的老人内心的善良。在陪伴母亲的日子里,我们不无纠结。明明知道可怕的病魔正在吞噬着母亲的生命,还得鼓励不懂"信心"和"奇迹"是什么意思的母亲"出力些(加油)",祈愿病痛着的母亲靠自己的顽强创造奇迹。聪慧的母亲,应该知道自己病情的严重,但坚强一生的老人不相信自己会这样轻易被病魔打倒。当看到医护人员积极为她治疗,当我们日夜守护在身边,母亲总是说:"只要不痛,就一定能好起来!"可怜的母亲,一直以为被强止痛针带来的疼痛暂时麻木,是在为她消炎和去病。"你们对我这么好,要好不起来,对不起大家。"母亲有着农村老人共有的善良,几次对守护在身边的我们说:"好起来让我出院回家,拄拐在村里自己走一个礼拜,再来住院,哪怕走了也算有点成绩啊。"

守护母亲,我深感自己的不孝。母亲在最后的日子里,依旧挂念操持一生的家。住院一个多月后,几次想回村里看看,我们未能随母亲的愿。已经不能坐起来的母亲,经不得搬上搬下、进出电梯和环湖公路的盘行、颠簸,尽管我们做好了请医护人员帮忙陪护老人回家的准备,但担心母亲路上经受更大的病痛折磨,担心发生意外。我们兄妹把担忧告诉了母亲,老人静静地没有说话,后来很少再提回家。

从住院到离世,母亲大部分时间都是面带微笑,平静度过。母亲微笑着与所有看望她的友亲打招呼,实在没力气时,也会弱弱地摆摆手,示意他们自己坐,而医护人员每次给她诊断或换药打针,老人总是心怀感激。母亲疼痛缓解、状态允许时,我不时地逗她笑。止痛针暂时麻木了疼痛,母亲平静地与我们兄妹说,万一自己好不了,后事要简办。就是在住院一个多月时,母亲告诉我妹妹香兰,她用过去的一个银簪打了四个戒指和一个手镯。母亲说,戒指给我们兄妹四个每人一个作念想,手镯留给我的女儿千惠——孙辈唯一一个女孩。母亲戴的耳坠,是以前来北京小住时,儿媳送给她的金戒指,回家戴坏了自己在店里改打的。母亲交待我妹妹,她去世后一定要把耳环交给北京的嫂嫂。而她自己存折上最后几个月的一点养老金和去世后的一点点补助,则让香兰取出来给我们兄妹四个的孩子作"利市"。

生命的最后六十天里,母亲依然心疼着儿女。守护母亲生命最后的日子,我想起了一位好友说过的话:"有的人读了很多书,未必有文化;有的人没读过书没什么知识,但有文化,有做人的文化,你母亲是有文化的人。"

感念母亲,摘录老人重病后六十天里我的微博——母亲以另一种方式活在我们的生命里。

安心,祝福天堂的母亲不再有疼痛!安好,前行的我们!

"今晚吃了三个馄饨"

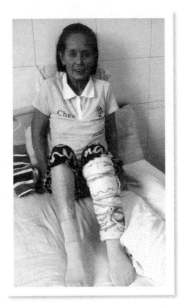

母亲病了，8月3日住进老家的中医院。6月24日老人左腿摔伤后，静养一个多月，见好，已能下地，本不太好的胃近些日子又有些胀痛。前天检查，肝功能没问题，但有轻度腹水，吃了两天药，病症未明显减轻。今晨，好友费心把母亲接到中医院，明天全面检查。老家好友们兄弟般帮忙，学武感激。唯愿苦了一辈子的母亲身体安康！

8月3日 10:47

极少听母亲说生活的苦，即便是在温饱都保障不了的岁月。听母亲说起以前的不易，也是因为老人感慨现在的幸福。 母亲一直抱定日子会好起来，生活会好起来的信念……母亲病了，今天住院，重发博文《母亲：苦乐乾坤》。

祝福母亲！

8月3日 11:26

难熬的一天。母亲生病住院，今天继续检查，排除式地找肚子胀痛和轻度腹水的原因。上午做胃镜，下午查腹水。体弱而腿伤未好的老人受罪了！检查结果期待中……

8月4日 16:26

　　告诉自己要镇静。好友建平来电，母亲腹水化验结果昨日已出，情况不好！8月3日老人住院，做腹腔B超、验血等结果都没大碍啊，可昨日下午忽然就不排水了，肚子胀痛，晚上还吐，折磨了母亲一夜。妹妹告诉我今天做腹部CT，定治疗方案。可恶的癌症，为何要侵扰艰辛了一辈子的母亲啊！等治疗方案出来马上回家！母亲，挺住！

8月7日 09:39

　　希望是误诊。上午CT，会诊结果出来。与医生通了话，无手术的可能，只能控制性治疗，减少痛苦。明后天老家有台风，这样的天气赶回去，敏感的母亲一定会认为自己得了重病。

8月7日 13:24

　　母亲病了。多么希望是个误诊。母亲从不主动说哪儿不舒服，生病了也常是我拐着弯儿听说后深问她才承认。《你知道，妈妈期望你过得好》，深深感念母亲的苦心。《母亲，随身手机唯接听》，每天至少打两个电话的我，今天却不敢与母亲通话。写博文《母亲是范儿》。

8月7日 16:52

晚上终于装着有说有笑给母亲打了电话。母亲以虚弱的声音告诉我说，今晚吃了三个馄饨。电话里告诉她，只是炎症比较重，打打点滴就会好起来——跟母亲说谎！

8月7日 20:46

专家朋友告诉我，母亲得的病会越来越痛，只能痛得厉害了就打止痛针。奇迹，忽然对奇迹二字特别敏感！希望母亲身上出现奇迹，至少能让母亲减少些痛苦！

8月7日 20:49

"我死不怕，怕痛——这个病痛得吃不消"

"海葵"来袭，老家狂风暴雨。买了票，盼"海葵"减弱。像往常每天早晨上班路上用威坪话给母亲打电话一样，假装没事跟母亲说说话，告诉她炎症重，需要慢慢调理，心情好药才见效。

8月8日 07:50

每天早晨，给父亲母亲打了电话后，心会放松。两年前父亲去世，我就每天给母亲打电话。上下班路上，早晚给老人打两个电话，会让父母觉得你每天都跟他们在一起。而这次母亲病重，再打电话，表面轻松，但我的心已没有往日的放松。孤独地坐在昆玉河边，想母亲点点滴滴的好，自责无意中总按自己的想法苛求母亲。

8月8日 10:38

母亲在，心有方向。倘若母亲不在了，每天早晨的电话打向哪里……

8月8日 10:38

不敢打电话，怕母亲接不了，也怕听到母亲虚弱的声音，十多年习惯早晨给家里打电话，今天变得不敢拨号。台风的缘故，明天赶回，想立马赶到母亲身边，又不敢看到坚强母亲的无助、妹妹的无奈。医院已特快寄出 CT 片子给北京的专家，但现代医学还无法对抗胰腺癌晚期的疼痛，唯有奇迹！病床上的母亲，是否疼痛减轻点？

8月9日 09:30

打了电话。打给母亲的手机，没接。打给了妹妹，问母亲是不是痛得难受。妹妹说，刚才母亲碰掉了手机，没接起来。妹妹把手机递给了母亲，母亲声音虚弱……不敢告诉老人明天晚上全家赶回去看她……

8月9日 09:38

征询好友建议。家母病重，原想方便时将博文集纳成册，现在变得尤为迫切，很希望在母亲不多的时日里，提前出版献给母亲。起了几个书名请好友指正：《父母在，家便安好》《其实我并不孝顺》《亲情无华》《母亲，随身手机唯接听》《孝顺并无来世》《亲疼》《不老的心港》《我们遗落了多少亲情》……

8月9日 10:20

早安，各位，谢谢大家的真情善意。今晚我将回到母亲身边。唯愿今天见到的母亲，疼痛减轻些，与母亲还可以像以前不经意的日子里那样说说笑笑……各位的关爱，学武心存感激。

8月10日 05:41

回老家途中。车窗外，刚刚瓢泼大雨。上午给母亲打电话，跟老人说，我去看看是否买得到票，有票就回去看她。而母亲认定今晚我会回去，中午见到我哥就说："学武今晚回来。"敏感的母亲。

8月10日 14:13

11

静听《中国之声》主持人朗诵数篇博文，心回曾经的日子。想辑成册，不是为简单出书或送给不识字的母亲一份礼物，而是因为博文里文字太多，不仅源于难忘的记忆，更缘于常在电话里与母亲聊往事。有时母亲记得更清晰，有时我比母亲更清楚。流淌于心脉，艰辛而有信念的岁月，是一份亲情，空气般滋养着生命……

8月10日 14:51

　　已到杭州，往老家千岛湖的途中。想尽快见到病床上的母亲，雨中行，安全第一。

8月10日 17:24

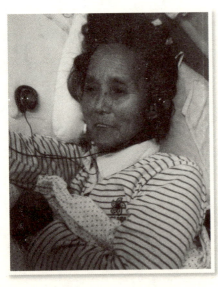

　　给母亲听因她而写的文字。不识字的母亲一辈子没看过孩子写的东西，不会想到电话里相忆的太多往事成了博文的主要内容。在艰辛岁月中养育我们的恩惠，不仅是文字里的至重，更是流淌在我血脉中的生命滋养。母亲在听《中国之声》主持人朗诵《母亲，随身手机唯接听》的音频。母亲说，那么小的事情都记得啊……

8月11日 11:11

　　湖边跑了步，在母亲面前保持好的状态，希望传递给老人亲情的力量。跑步到母亲床边。老人昨晚喝了点汤，吃了点冬瓜，腹部有点疼。病中的母亲坚持由妹妹搀扶着起来自己小便。看着坐起来的母亲，我说："用的个哈（方言，不错的意思）。"疲惫的老人笑了。妹妹一早就给母亲按摩摔伤未愈的左腿……

8月12日 08:24

　　告诉不识字的母亲有很多朋友通过网络转达祝福，我用老家话"赶快得过起来"，将祝福二字翻译给她，老人很开心。

8月12日 09:58

　　打针后，母亲昨晚睡了这些日子来第一个好觉，今天早晨精神看上去不错。不识字的母亲的方言词库里，没有"信心"这个词，但我努力用老人能懂的老家话，鼓励母亲一半靠药，一半在心情。

8月13日 08:19

　　感谢大家的关心。几次跟母亲说："好多好人朋友关心你，能否很快好起来,一半在药,一半在你自己呢。"想找到老家威坪话里与"信心"同义的词鼓励母亲,"你自己认为能好起来,才能好起来"。母亲点点头说:"从今天起能好起来……"期待坚强的母亲身上出现奇迹。

8月13日15:17

  母亲打了点滴。不能告诉她全部病情,但又必须说明病情的严重性。悄悄跟母亲说:"不光是胃炎,还有很重的胰腺炎,有很多细菌呢。"想告诉母亲有信心就会有奇迹,可不识字的母亲方言词库里没有这两个词,用"如果你认为能好起来,就一定能好起来"作为"信心"的同义,用"自己争气就会逼退细菌"阐释"奇迹"。

8月14日14:49

  妹妹做的面粉和菜秧煮的汤,母亲吃了小半碗。鼓励!

8月15日07:54

  亲疼!看病床的母亲香香地吃,虽只是一点点汤,幸福却已涌满妹妹和我的心头……

8月15日08:14

"我死不怕，怕痛——这个病痛得吃不消。"听从不主动说哪儿不舒服的母亲，疼痛缓解时平静地说这番话，心如刀绞。希望能从心理上传递给母亲抵抗病魔的力量……亲情无华，孝顺并无来世。亲，是血脉，更是至近；疼，是至亲以信心对抗病痛，又是母亲一生对我们的心疼。写博文《亲疼》。

8月16日 07:53

母亲馋了。昨晚肚子没疼，多日未能吃饭的母亲今天感觉很好。母亲想吃靓梳馃①，怕伤她的胃，把靓梳馃里面辣的咸菜拨拉出来，就让她尝尝咸味，喝点粥。开心，看母亲今天的状态，期盼奇迹，相信奇迹！

8月17日 07:09

母亲在妹妹的搀扶下，饭后挪步到病房外的阳台。强迫她拖着伤腿站会儿……

8月17日 07:22

"出力些，母亲！"

与母亲暂别，回京途中。看到病中的母亲一天一天见好，高

---

①靓梳馃：形状像老式梳子，里面是韭菜豆腐或腌菜豆腐为馅儿的一种千岛湖小吃。

兴得想哭，但在母亲面前不能掉一滴泪。相信母亲，相信母亲一定能创造奇迹。拜托医院，拜托医生和护士，拜托妹妹，拜托家乡好友们。鼓励母亲"相信自己能好起来就一定能好起来"便是信念，以"出力些（加油），争口气便能逼退病魔"诠释"奇迹"。祈福奇迹！

8月18日 09:55

去爬山。给母亲打电话，母亲告诉我今天比昨天舒服多了。在北京的老乡昨晚刚到老家就去看了她，声音里听得出母亲状态见好。母亲有信心真好！有好友真幸福！出力些（加油）！

8月19日 09:23

至顶，香山，45分钟。给病床的母亲打电话，意在让老人打消些疑虑，让她觉得病情并没有严重到不可治疗，促老人进一步保持逼退病魔的信念。同时，告诉母亲今天爬山温度不低，让母亲牵挂，分散她对病情的注意力。今天爬山，一点不觉累，想起连下地都费劲的母亲，爬山是如此幸福！

8月19日 11:25

早安，母亲。上班路上给母亲打电话，问睡得如何，母亲说休息得还不错。昨天中午，母亲想吃馄饨，天天喝粥，想吃点口味重的。母亲喜欢吃馄饨，让妹妹给买了点，结果下午又疼痛。事先提醒过母亲，吃馄饨可能会疼。想起曾经的岁月，吃什么都没问题的母亲，现在消化系统这么脆弱，很是心疼。

8月20日 06:51

回到北京，惦念母亲。热线联系妹妹和医院。从声音里听母亲的恢复状态，向坚强的母亲学习。母亲面前不掉泪，电话里不流露伤感，给母亲传递亲情的力量……

8月20日 08:43

7:30，习惯地给母亲打电话。老人说昨晚没咋痛，刚吃了米粉汤。声音虽疲惫，但比昨天好。母亲病后，给她打电话最怕响很久不接，也很紧张在母亲身边的妹妹来电。这么多年，每天电话里并不是回回都叫母亲。母亲病后，每次通话我都会大声说一句："姆哎，我是学武……"母亲总是很高兴。

8月21日 08:55

世间最难写的文字，莫过于写父亲母亲。说难写，是因为我们习惯了父母的呵护，几乎麻木了父亲母亲为我们的付出。因为太亲近，所以总是疏忽父母内心的在意、承受和担当，而当我们长大……写博文《孝顺,并无来世》。

8月21日 17:17

习惯了随时打电话给母亲,现在却不敢随便打电话,总是先问了妹妹母亲的情况,才敢打,怕母亲处于疼痛中,又怕打扰了病中的母亲休息。母亲不时疼痛,前一段阶梯式止痛方法渐渐失效,昨天医生开始加药量,疼痛趋缓。依然鼓励母亲"出力些!慢慢会好起来"。很想知道,何处有长效止痛药?

8月22日 15:57

母亲患病后,得到不少好友的关爱和帮助,学武感激。母亲始终没有失去信心!感谢母亲的坚强,"出力些,母亲!"减缓疼痛也是奇迹!

8月24日 23:03

问安母亲,告诉母亲在去爬山的途中。母亲说,昨晚四点多才挂好了营养液,"肚子胀,疼啊。"妹妹给她吃了止疼药,才好点。母亲的话疼痛在心。假装轻松劝母亲别着急,医生会想办法,可内心知道,母亲会越来越疼。劝慰是多么无力,所有的牵挂,变成对止疼药效果的祈愿,减缓疼痛也是奇迹!

8月25日 07:10

想跟往常一样打电话,又不能像多年习惯那样想打就打,更不能想说什么就说什么。怕影响病床上的母亲休息,怕疲倦的母亲说更疼,怕听到母亲声音的虚弱,可不能不打电话,十多年的习惯不能变,变的是,现在每一次打电话我都会先叫一声"姆哎,我是学武……"

8月25日 07:24

下午4:20,接到妹妹电话,母亲病情加重。主治医生栋伟主任电话里也告诉我,情况不太好。我直奔机场,紧急买票。运气好,买到了最近的航班。已在飞机上。回去陪母亲,毫不犹豫!母亲,挺住!

8月25日 18:55

见到母亲。妹妹说"学武来了",母亲不信,头也没回。妹妹骗她我早晨刚到,其实昨晚(23:30),我已赶到医院,母亲刚打完止痛针,不想惊动她。"宝宝婴(老家话宝贝),你怎么来了?"看到我时母亲的第一句话,"确实疼得吃不消,咬牙也不管用。"眼泪顺着眼角流下,我拉着母亲的手,再也止不住自己的泪水……母亲虚弱了许多……

8月26日 09:45

"我一个人痛就够了"

"我还想多活几天,消炎了这么多日子怎么还不好啊?"母亲流着泪拉着我的手虚弱地说。"不哭,我们都不哭,会好起来。"安慰母亲。

8月26日 10:01

母亲昨晚打了不得不打的止痛针后,现在没痛。此刻母亲静静地睡着,不想有丁点惊动她。看着母亲安静躺着,没有喊痛,我幸福得想哭。

8月26日 10:39

趁母亲静静地睡着,搬了凳子,打开电脑。已告诉母亲,把写她和父亲的文字出一本书,在一个月内……

8月26日 10:44

母亲这会儿不痛,刚把她逗笑过,真好。一个小时前,母亲疼得受不了。医生给打了一针,这会儿药劲起作用了。母亲似乎放松地休息了。

8月26日 21:20

又疼了，打了一针，慢慢缓解……

8月27日14:45

留住幸福。母亲在，家便安好，心便晴天。打针后，母亲静静休息。"这个针管用，疼痛马上就能好。"老人早晨说，她哪里知道这是强止痛针。看母亲暂时没感觉疼，奢侈的幸福感溢满妹妹和我的心田。"要能替你痛就好了。"跟母亲说。"说傻话，我一个人痛就够了，你们不要痛，要长命百岁！"母亲声音很轻。

8月28日13:57

妹妹香兰从母亲住院后就请假没上班，天天在病房陪母亲。每每看到母亲不疼时露出笑容，妹妹和我就像小时候母亲给了两毛压岁钱一样开心……

8月28日14:13

母亲已不能吃东西，靠打点滴补充营养。不疼时，母亲会和我们回味往事，憧憬出院后的打算，可我深知母亲还将面临更大的疼痛，不多的时日还要承受更大的病痛折磨……面对母亲的微笑和安静，不敢往下想……

8月28日14:22

一直没想透是告诉母亲实情残忍，还是不告诉母亲病情更残忍。告诉了，担心母亲不愿意再治疗；不告诉，最后母亲总会知道病情的严重。

8月28日 14:31

　　哥哥学平也放下手里的活计赶来陪母亲。"只要不痛就会好得快，还想多活几年。"母亲多次跟我们说，也是在自我鼓励，可胰腺出问题最后就是疼痛难忍啊！

8月28日 15:05

"最近这十五年，日子过得不苦，没借过钱"

　　只要不是极度疼痛中，母亲对看她的医生和护士都会报以微笑。小何护士长说："一个不识字的农村老母亲，病痛中如此注意礼节，少有。"

8月28日 16:10

　　母亲在，心有方向。没说过爱母亲，却每天牵挂。母亲用一辈子的努力，把生活的意义和快乐具体到一日三顿饭的盘算。不识字的母亲以借钱到不借钱过日子，作为体面和内心尊严的另一种表达。病床上的母亲说,最近这十五年,日子过得不苦,没借过钱,别人还向她借过,"这样的日子我还想再过几年啊……"

8月29日 06:07

疼痛程度加剧,上了止疼泵。哥哥学平和妹妹香兰,拉着母亲的手,陪在老人身边……

8月29日 17:01

听《中国之声》主持人朗诵《亲疼》的音频

赶往北京途中,明天返回,为《亲疼》的出版。母亲时日不多,北大出版社正以超常规速度,期望能让母亲离开前看到写给她的书。告诉母亲,所有文字都是生活小事,也有母亲一辈子的不容易。陪伴母亲的日子,看着被病痛折磨的母亲,深深感到,亲疼,是至亲对生命的留恋,对亲人的不舍,也是我们对至亲之痛的无助。

8月30日 07:13

打电话给妹妹,母亲此刻又在疼痛中,医护人员在紧急救护。母亲,挺住!昨晚咱们说好的,等着我明天回去陪你,跟你一起听电台主持人朗诵因你而写的文字。

8月30日08:53

留住母亲的美丽。从未称赞过母亲漂亮，而现在母亲疼痛稍稍缓解时，闭上眼睛休息也是如此好看和使我们幸福。不敢言"孝"，在母亲疼痛无助的时刻，我们除了叫医生，除了拉着母亲的手，含泪看着至亲受罪，不知道如何才是更心疼母亲。留住母亲的美丽，在生命里……

8月31日06:02

往首都机场，返回老家途中。昨天赶回北京，在北大出版社听《中国之声》主持人录制《亲疼》（节选）。出版社紧急编辑，期望母亲弥留之际能听到儿子感念她的文字。

8月31日06:36

像每天早晨一样想给母亲打电话，今天却没有勇气。母亲说话已很吃力，声音微弱得贴近她的脸才能听到。又怕打扰母亲可能的休息，也害怕妹妹来电话。唯愿正点起飞……

8月31日07:48

给妹妹打了电话，早晨四点后，疼痛止住些。连喝水都喝不了，喝一口都会疼都会吐的母亲说："你们要把我饿死啊……"

8月31日07:59

提前抵达杭州机场。往老家途中……

8月31日10:55

《孝顺，并无来世》《母亲，苦乐乾坤》……在病房，疼痛缓解的母亲，静静听着北大出版社昨天下午请《中国之声》主持人赶录的博文集《亲疼》音频（节选）。同学青木特意带来了小音箱，哥哥、妹妹、堂弟、堂弟妹，围在病床边。母亲说："听着你写的过去的事，眼泪都快出来了。"

8月31日21:34

中午赶回病房时，母亲刚刚挺过了一阵疼痛。看到我又从北京回来，母亲很是心疼。

8月31日22:21

听北大出版社前天赶录的《中国之声》主持人朗诵的《亲疼》博文（节选），母亲下意识头侧向笔记本，投入得不想落掉一个字，忘了脖子右边还插着打点滴的针管，护士进来换药时，老人才感觉脖子累了。"看样子，我能好起来。"那一刻忘了病情的母亲，沉浸在往事的回味中，而我赶紧暂停了音频，让母亲不累时再听。

9月1日06:15

跑步在湖畔，保持好的状态陪母亲。

9月1日06:59

母亲在听北大出版社赶录的《中国之声》主持人朗诵的《亲疼》博文（节选）。母亲很静很静。妹妹拉着母亲的手……

9月1日10:41

母亲今天没昨天疼，用上了48小时止疼药。母亲说，饿得难受，这么多日子吃不了东西。跟她说："不能这么馋，你打的点滴里有营养呢。"母亲无力又无奈地笑笑。

9月2日17:40

母亲说，已分不出肚皮和后背——粘上了。

9月2日17:55

"学武哎，别离得太近，我还没有刷牙……"

从没有如此近距离握着母亲的两只手，头轻轻顶着母亲的肩膀，想听清母亲微弱的声音。"学武哎，别离得太近，我还没有刷牙……"

9月3日 07:00

母亲病危。我发短信向单位主管领导请假。如果无力拉住母亲的手，不让母亲离开这个世界，就握着母亲的手，陪母亲走完人生最后一程，让母亲因亲情而减轻点病痛。

9月3日 07:17

"这药止疼，但不救命。一个月了痛还没有止住。喝水疼，控制着不喝水还疼还吐。"剧痛中打了针的母亲声音微弱，但依然极为明白地说。聪慧的母亲！

9月3日 09:39

告诉母亲，因她而写的书，北大出版社以超常规速度，争取这个月15日出版。母亲，一定要给我时间啊……

9月3日 09:47

病痛中母亲的聪慧让医生感叹。昨日，母亲的主治医生蔡主任与另一个科的主任在母亲床边轻声沟通母亲的病情和减痛治疗方案，但同病房病人的亲属在大声聊天。无气力说话的母亲，摆摆手朝他们示意说话声小点。

9月4日 06:25

"你的眼袋都大了，这么远来回跑"

"你的眼袋都大了，这么远来回跑，"病痛中的母亲握着我的手，声音很轻很轻，"为了娘姆（母亲），路上辛苦，我都知道，只是不太说得出话了……"善良的母亲都这样了还心疼孩子。"不辛苦，只要你能好，只要你不痛，跑多少次都不辛苦……"我也声音很轻很轻地贴近母亲的耳朵说。

9月4日 06:51

不想让病痛中的母亲还为孩子操心，承受太大的压力，想假装没事地告诉母亲我们的生活照旧。湖畔跑步。跑完步，去陪母亲。

9月5日 07:51

从没有这么长时间地与母亲相伴，也从没有这么长时间握着母亲的手。自懂事起，父母就希望孩子好好读书，不再过他们那样"睁眼瞎"的生活。似乎孩子飞得越远越有出息，我们也因此少有照顾父母的机会。这一次能拉着母亲的手，每一个小时都变得珍贵。看着打完止痛针后暂时不太疼痛的母亲安静休息，幸福与愧疚交织……

9月5日 13:19

病床上的母亲多次说，最近这十五年日子过得好，这样的日子还想再过几年……

9月5日 13:30

亲疼，生命里的至亲至疼之重，这些天成为母亲与我们的心手相连。母亲轻轻回握我们的手时，能深深感受一种因亲情而来的柔软的力量……

9月5日 13:41

无言以对。面对希望与绝望交织的疑问。"怎么办？痛拿不掉，一个月多了，咋越医越痛呢，吃不消啊。"打了止痛针后的母亲用微弱的声音问。母亲知道自己得了重病，但不知已是晚期。现代医学还无法治疗这个病，只会越来越痛。"医生在想办法让你不痛……"回答很苍白。只能捏捏母亲的胳膊,告诉母亲我们守护在身边。

9月6日 10:27

幸福的早晨。母亲用耳机听《中国之声》主持人朗诵的博文《流动的年夜饭》音频。昨天夜里到现在,母亲疼痛控制得不错,今天气色很好。"用得个(老家话,不错的意思,意即写得可以)。"母亲听后声音很轻地说。

9月7日 10:15

母亲病情越来越重,止痛针作用越来越小……

9月8日 21:49

"我也想坚持几天,想摸摸书"

与母亲道别,赶回北京途中。靠在母亲的头边告诉老人,后天中午一定返回。母亲时日不多,北大出版社加班编辑,明天下午将赶制出博文集《亲疼》的数码速印样书。不识字的母亲声音微弱地说:"我也想坚持几天,想摸摸书。""说好了,姆,我回北京拿书,等着我啊!"握着母亲的手在老人耳边说。

9月9日 07:05

早晨习惯地想打电话给母亲，可是已不敢拨通母亲的手机。针后疼痛减缓时，母亲还能听电话，但说话声音微弱得听不见。让妹妹转告母亲，明天下午我会赶回去。北大出版社正加班赶制《亲疼》的样书，我一定带回去让母亲在弥留之际摸摸为她而成册的博文集。

9月10日 09:52

祈愿今晚的母亲不疼痛，祈福明晚此刻已陪在母亲身边。

9月10日 22:52

像每天早晨一样，习惯拿起手机想给母亲打电话，可病床上的母亲已虚弱得说不了话。此刻的母亲，是在极度疼痛折磨中还是在镇痛针后的昏沉里？赶回北京，拿到北大出版社加班赶制出的《亲疼》样书。母亲，可要挺住啊，我会马上回到你身边。你说过，你也想摸摸有你照片的书，想闻闻书的味道……

9月11日 07:23

愧疚。母亲重病后，一直不知自己还能做什么，唯有赶回母亲身边陪伴，陪伴，陪伴，陪母亲走完生命的最后历程……

9月11日 07:42

忐忑地推开病房门。怕母亲又在疼痛，怕母亲又处于干呕折磨，怕母亲声音虚弱得不能说话。"学武回来了。"妹妹告诉母亲。刚打了止痛针的母亲，见我走到床前，露出了笑容。"样书拿回来了，有你的照片呢。"我让妹妹与母亲一起打开北大出版社赶制并用褐纸和红带包好的《亲疼》样书，母亲既紧张又幸福……

9月11日 15:19

看到《亲疼》样书封面照片，问母亲好看不。"好看，打开时心里慌兮兮。"母亲点点头声音微弱而高兴地说。

9月12日 16:03

从没夸过母亲漂亮，这一次逗她："照片上怎么会这么好看。""那是你照的。"刚打了止痛针暂时疼痛缓解的母亲说。

9月12日 16:10

病痛中的母亲，脸色苍白，但看到书后依然笑得欣慰而灿烂。

9月13日 11:21

母亲要吃米粉羹，可不敢让她吃，吃完更痛。"你们要把我饿死渴死啊？"母亲可怜地说。重病住院后，靠打点滴，母亲已二十多天滴水未进。

9月14日 09:47

关于病情，不能不说真话，又不能说最真的话。告诉母亲实话，节俭一生的母亲，一定不会再打针，宁可痛死也不会住院。

9月14日 10:24

珍享奢侈的幸福。强镇痛针后看到母亲疼痛暂时缓解，于我们是无比地开心。暂时麻木了疼痛的母亲，露出笑容能说会儿话，每一次于我们都弥足珍贵。我们兄妹仿佛忘掉母亲时日不多，细心聆听母亲对出院后生活的憧憬……

9月15日 08:58

针后，看老人休息，感受宁静与慈祥。这几天，母亲宁愿疼痛，索性喝少量的温开水，以免干咳。母亲说，喝点水后吐起来痛快。今天早晨，看到朋友送来的枣，母亲很馋很馋地吃了半个。母亲总觉摔伤的左腿不舒服，试着给她轻轻按摩，母亲夸我手法很好，舒服。

9月16日 09:18

守护母亲，是我们兄妹唯一能做的

砖匠哥哥放下装修活儿，超市上班的妹妹请了长假，做医生的弟弟也抽出了时间。兄妹四个陪在母亲身边，轮流看护着母亲。虽是无助，但我们握着母亲的手，感受血脉之情的交互。亲疼……

9月17日 20:03

母亲在，心有方向，灰蒙蒙的天气也挡不住心中的阳光。跑完步，回到母亲病房。看到老人眼睛亮亮的，比昨天剧痛、呕吐的情形好一些，我们知道这依然是止痛和止吐针的作用。妹妹开玩笑说，再过五天出院了。亲情无华，孝顺并无来世。守护母亲，是我们在母亲不多的时日里唯一想做且能做的。

9月18日 06:53

母亲的顽强，是重病后给医护人员和我们兄妹四个最深切的感动。母亲一直保持信念，尽管并不知道"信念"二字怎么写。

9月18日 08:50

每天看到止痛针最大程度地控制母亲的疼痛，心有一丝欣慰。每天不可避免地看到母亲疼痛，我们兄妹又深深地无助……

9月19日 21:58

与母亲约定，每一天当一年来珍惜！

跑完步，回到病床边，换兄妹去吃早餐。看着母亲疲倦而消瘦的脸，只能用力握握母亲的手，传递儿女对母亲的在意。这几天，加密度止痛针后疼痛暂缓时，母亲与我们平静讨论生与死，像谈论不相干的事，又似自我宽慰。头一次意识到心理辅导是件说说容易做起来很难的事。与母亲约定，每一天当一年来珍惜！

9月20日 07:16

昏睡了会儿的母亲，状态短暂见好。疼痛密度在加大，止痛针作用在下降，只能加大止痛针的频度。看着病魔在吞噬母亲的生命，深感无助。守护母亲，珍惜母亲清醒的每一刻。亲疼！疼亲！拥享奢侈的幸福。

9月21日 10:56

幸福原来是一种力量。母亲的顽强，让我们深切感悟留恋生命、难舍儿女而来的意志力！心候母亲每一次镇痛后带给我们的亲情力量！

9月21日 12:40

母亲超出想象地顽强。止痛针间隔越来越短，母亲时而虚幻，时而清醒。清醒时母亲平静地说:"这么多年什么病都没在乎过,把玉米棒烤成灰冲服发发汗或吃点草药,都能解决问题,这次疼痛还能让我倒下?"母亲头一次说疼痛时的心情:"好出力的,疼痛时我总是咬牙过来,如不争气早就走了。"母亲依旧充满信心!

9月22日21:44

一直没告诉母亲那个可怕的字,更没告诉她是晚期。我们期望在减缓疼痛的前提下,尽一切可能让母亲的生命多延续些日子,让母亲享受亲情的温馨……

9月22日22:14

想起母亲炒菜的味道。这辈子母亲再也不能到菜园里现摘菜炒给我们吃了……

9月23日14:51

拥享母亲的奖励。昏睡了两天的母亲今天早晨神智又变得清晰,声音依然虚弱,但能基本正常跟我们说话,于我们是莫大的幸福,也是对我们守护身边的奖励。"还是呆在原位置啊。"母亲知道中医院马上要搬家,昏睡醒来后第一件事是发现还没搬到新的病房。

9月24日07:34

母亲已知道肚里长了瘤

　　生命无助又顽强,母亲可怜又可敬。母亲已知道肚里(胰腺)长了瘤,因为此前我多次铺垫,从胰腺炎到胰腺淤血,再到肿块,慢慢告诉母亲问题的严重,又不想让母亲绝望。我们兄妹告诉母亲,只要不是疼痛难忍,愿意母亲多活一天都是好。

9月24日 08:04

　　这个中秋温馨又难过。妹妹刚刚采了把桂花放在老人病床边,母亲说味道如花露水,但已吃不了一口月饼。多么希望母亲能像以前一样闻着村里的桂花香,吃着我们捎去的月饼……

9月25日 07:57

　　转运。母亲赶上老家中医院整体搬迁。作为危重病人,母亲被安排救护车成功转运,主治医生和主管护士随车护送。这次医院整体搬迁,医院做了周密安排,未发生一例意外。感谢医院和医护人员为此的付出。祈福搬迁,为患者带来好运,为中医院带来好运。

9月26日 17:33

女儿是母亲的贴心小棉袄。近距离感受妹妹对母亲无微不至的照顾和母亲对女儿的依赖。母亲病重住院后,是妹妹香兰放下一切,几乎日夜守护在病床边。因为相知,一个细微动作或皱一下眉头,妹妹都会理解母亲需要什么或哪儿难受,会悉心呵护或赶紧去叫医生和护士。感念母亲有个好女儿,我有个善良的妹妹。

9月27日 07:09

月饼是母亲床前的团圆

守护中秋,月饼是母亲床前的团圆。想掰一小块月饼给母亲,可重病的母亲已吃不了。曾经的中秋团圆,是多年前母亲自制的月饼,虽没有店里一毛钱一个的月饼漂亮,但豆沙加点红糖做的馅儿，包在用少许菜油和的赤粉面里，在柴锅里烘熟，于我们已是满心飘香。祈福，母亲平安度过这个中秋。守护母亲，守护团圆……

9月28日 07:37

从没有一年的中秋像今年这样不寻常。老家的友亲给病床上的母亲送来了月饼，我们很想掰一小块给母亲，可病重的母亲已吃不了了。月饼，是年少时我们羡慕的，而这个中秋，月饼是母亲床前的团圆……写博文《守护中秋》。

9月28日 17:24

中秋，在母亲床前说对不起。湖畔跑完步到病房，问母亲是否知道今天是中秋，暂时麻木了疼痛的母亲说才知道。问老人记不记得以前吃过月饼，母亲口齿不清但神情变得明朗地说，有一年我寄回月饼，她掰成一小块一小块分给老邻居尝。不孝，是没照顾好母亲。心酸，口腔溃疡得厉害的母亲这个中秋一口月饼也吃不了。

9月30日 07:46

干杯，中秋，我们兄妹以饮料代酒！月饼，是今晚母亲床前的团圆。守护团圆,是此生难忘的拥有。感激母亲的顽强,给我们时间,给我们拥享有母亲的佳节,虽然强止痛针后的母亲,此刻静静睡着……

9月30日 19:06

花瓣写温馨,烟花缀中秋。今夜,我们兄妹围聚在母亲病房,老家中医院给每个患者送了月饼。母亲病重,一小块也吃不了。我们兄妹,分享属于母亲的一筒月饼。

9月30日 20:48

感激,昨夜我们又拥享有母亲的中秋。在老人耳边轻轻说:"今天中秋,我们吃医院发给你的月饼,想不想吃?"母亲微微点头,又昏沉睡去。 尽管我们在母亲病房已吃了饭,但还是一人一个吃着月饼。我们深知,是母亲的顽强让我们过最后一个有母亲的中秋。饮料代酒,不流泪,在母亲身边我们比谁都富有。

10月1日 07:35

不孝的我们送母亲回家

母亲走了,带着对亲情的不舍,对生命的留恋。10:20,永远地离开了我们。对不起，母亲，我们没能拉住你的手，原谅我们的不孝。走好，母亲！感念你一生对我们的心疼，而我们却未能更好地心疼你。母亲，走好，天堂里不再有疼痛。

10月2日 10:45

  感激博友、亲友、同学，在母亲病重期间对母亲的关心。感激老家中医院医护人员对母亲无微不至的治疗和关爱，让病痛的母亲减缓了疼痛。感激妹妹香兰两个月来对母亲的倾情呵护。

10月2日 11:18

  母亲不在，家成了老家。依照母亲勤俭一生的品格，我们兄妹商定，母亲后事从简，不举行遗体告别仪式，但今夜我们为母亲守灵……

10月2日 14:54

  感激顽强的母亲给我们时间，让我们兄妹过了最后一个有母亲的中秋，有母亲的双节！

10月2日 16:48

  "159……9908，像往常一样每天早晨给母亲打手机，不知天堂的母亲是否还能接听电话。两天前,病床上的母亲忽然说:"这么久了,都没人给我打手机……"老人只会用两个键,一个是接听,一个是挂断……而今天,母亲的手机却成了孩子生命里的一组号码……博文《母亲,随身手机唯接听》。

10月3日 06:43

母亲,我们接您回家。今晨八点,母亲火化……

10月3日 09:12

马上到安川,母亲为我们辛苦一生的小山村。母亲,原谅我们的不孝,因为你病情过重,不想你路上受折磨,病重期间未能让你回家看看。

10月3日 10:38

母亲,您给天堂的父亲带好

送别母亲,我们流泪不哭。流泪,是感念母亲一生艰辛但极少说生活的苦,感怀母亲对我们的呵护。不哭,是缅怀母亲的坚强、善良和对我们的宽容。下午三点,为母亲举行简朴的葬礼。逝者安息,生者前行。我们安好,天堂的母亲才会安心。母亲,您给天堂的父亲带好……

10月3日 16:29

　　没有悼词，没有哀乐，唯有在坟前播放母亲重病后《中国之声》主持人姚科朗诵的我为母亲写的博文《母亲，苦乐乾坤》《孝顺，并无来世》，感念母亲一辈子的不易，感激母亲一生为我们的付出。

10月3日 20:03

网友评论

新余李虹：
　　是守护，也是救赎。不仅为母亲，也为自己的灵魂。天上人间，两个世界的凝望，祝福。

雨杭时间：
　　每一篇文字，每一条微博，都用心看过，感动着，也在后来那些日子揪心和祈祷着。王老师的文字在带给我们感动的同时也在提醒我们：尽孝要趁早……

焦波和俺爹俺娘：
　　"学武哎，别离得太近，我还没有刷牙……"泪奔！泪奔！

2011linhua2011：
　　朴素的孝道，远胜过那些沽名钓誉的所谓"善行"。

3 走吧，走吧，母亲去了另外一个地方

母亲走的那一刻，妹妹嚎啕大哭，"姆哎，姆哎，你不能这么走，睁开眼睛再看看我吧！"医生、护士和做医生的弟弟都在想办法紧急抢救，欲从母亲的嘴里插管子到胃里，想把正往外吐的水抽出来，可是已经来不及，鼻子和嘴里同时往外喷水，母亲脸色已经不对。2012年10月2日10:08开始抢救，10:20，母亲离开了我们。

母亲要走，我和哥哥、妹妹、弟弟有思想准备。两三天前，我们握着的母亲的手时，感觉母亲的手心开始变凉，手指不再温热，而头一天医生给她测心率，超过140。最后的十几天，母亲神智清醒的时候已经不多，时常处在幻觉中。要么疼痛难忍，打完强止痛针后昏睡一会儿，要么醒来后能有短暂的跟我们说话的疑似清醒。母亲时常睁着眼睛跟我

们说旁边的床下有三只蚕在爬，或者说有黑鸡在乱跑，要么说妹妹和我脸上有很多麻子，或者说我们脸上有很多水。开始我们没有意识到是老人的幻觉，还逗母亲说是她刚才睡觉做梦，后来知道镇痛针打多了，也会这样。当母亲再说有蚕在地上爬时，我和妹妹便回应母亲："是啊，真的有好几只蚕在爬。"有时我还故意"责怪"妹妹："你咋看不见呢，眼睛还不如母亲。"妹妹那个时候也笑着赔不是。一天晚上，母亲忽然叫起来，说房子里水管漏水。哥哥和妹妹叫来值班医生，医生告诉她没漏水，可母亲依旧坚执着，直到医生给她打了针并安慰她"没事没事，一会就不漏了"，母亲才慢慢安静下来。

陪伴重病的母亲，最让我们紧张的是，母亲生命最后的日子里即便是昏迷中，手、脚都抽搐，尤其是两只手不停地扯东西、揪东西，有时揪枕头，有时扯纸，有时拽被子。住院大概一个月左右，母亲胳膊上已打不进去点滴，只能采用颈内注射，并用导管排尿。我们最怕疏忽的时候母亲控制不了自己把针管和导尿管拔出后流血。

母亲 8 月 3 日住院，10 月 2 日离开我们，整整两个月里，有二十多天水都未能进一口，吃什么都吐，喝水都肚子痛得难受，唯有靠打点滴维持生命的基本能量。母亲说："我都分不出肚子和后背了，你们要把我饿死渴死了。"我们只能用口腔护理棒蘸点水给母亲润润嘴唇，以减轻老人的口干。母亲发现不吃不喝依然疼痛加剧呕吐不止，干脆要求喝水，但每次只能用吸管吸几口，征求医生意见后还让她喝点冰镇饮料。母亲肚子里难受，希望喝水后把胃里和胰腺里淤积的细菌和肿块一起吐出来，每次吐完都挣扎着想看看吐出了什么、吐了多少。

母亲8月7日确诊胰腺癌晚期，但一直到老人离世，我们都没忍心说出那个可怕的"癌"字。母亲总是说："以前在家里有点病，吃点药就好，有时自己用点土法子都管用，这回这个病能把我打倒？"母亲的疼痛一天比一天加剧，医院采取阶梯式镇痛治疗，母亲开始一直以为是在给她消炎去病，相信能治好。病床上的母亲几次说，最近这十五年，日子过得不苦，没借过钱，别人还向她借过，"这样的日子我还想再过几年，想多看看你们啊……"

相信母亲后来是知道自己的病情的，只是我们不忍心说，母亲自己也不问。母亲很多次跟我妹妹说："这个病用药后咋越来越不好呢？止痛针止了痛，是不是别的药也就不起作用了？"最后的日子里，剧痛难忍，母亲数次痛得哭出声来，无助的我除了去叫医护人员快点来打止痛针，便是满心不解——现代科技能上天入海，能发射卫星制造航母，为什么不能在治疗胰腺癌等生命科学领域有突破啊，难道镇痛比航天还难？

母亲最后半个多月常说胡话，幻觉中嘴里老是吃东西的动作，而实际上除了用吸管吸点凉水，妹妹偶尔用小勺喂她吃一两口猕猴桃，什么也吃不了。母亲一辈子爱干净，在生命的最后时光，幻觉里都是在说家里的鸡到处乱跑、到处拉屎。看她的手在挥动，问她在干什么，母亲说："家里太脏了，要收拾收拾。"村里用上自来水，母亲很开心，也因此格外节约了。神智不清的母亲总是责备妹妹不关水。

怕母亲的手乱动拔掉针管，我们兄妹不管谁守护在母亲病床前，都紧握母亲的手。一辈子都没有这么跟母亲亲近过，一辈子都没有这么用力拉着母亲的手，而母亲回握我们的手时也是那么有劲，即使一个多月未能吃饭。"不太痛时，你多活一天都是我们的幸福。"守护母亲的日子里，我曾几次握着母亲的手说，而病危的母亲只是用力回握了我的手。那一刻，有种热流在手心里传递。

重病的母亲一直想回家看看，但母亲的病情不允许我们这么做，那样母亲会忍受更多的折磨。母亲最后二十多天已经坐不起来，不仅疼痛难忍，而且总觉得自己在半空中悬着。当我跟母亲说，如果回家，一路的颠簸会增加痛苦，只要儿女在身边，哪儿都是家，明事理的母亲再也不提回家，只说了句："你们兄妹商量吧。"最后一周，母亲的脸上出现浮肿，夜里几次突然坐起来说："我快好了，过两天要出院了。"要妹妹扶她上厕所，而实际上扶她勉

47

强坐起来都不可能。老家有种说法，老人病危时要上厕所，如果落了地，就会走得更快。妹妹坚持没让母亲下床——母亲肚子里除了点水，什么也没有。母亲嚷嚷要上厕所，我们知道那是生命的回光返照。

母亲住院后一个月左右疼痛暂缓时，简单而清晰地吩咐了自己的后事。而当强镇痛药杜冷丁的效果由十二个小时到十个小时，再到八个小时、六个小时、四个小时、三个小时、两个小时，后来两三个小时都不管用时，我已经不忍心看着母亲剧痛难忍。

"我死不怕，怕痛——这个病痛得吃不消"，镇痛后母亲平静地说的话，烙刻于我的心里；而我趴在母亲耳边说的"你痛得受不了时，我都愿意你走了"，却像一把锥子扎在我的胸口。

母亲走的时候，我没有大哭，心被掏空，大脑茫然。那一刻，看着不再有生机的母亲的面容，忽然觉得走的不是母亲，而是躯体与母亲一样的另一个人。

走吧，走吧，母亲去了另外一个地方——那个地方不再有疼痛。

网友评论

青山小百合：

　　老母亲虽然受尽病痛的折磨，但是精神依然有力，看着；老母亲的眼神儿，全都透着坚强，善良慈祥的老母亲，天堂上，照顾自己，一定要开心啊。

蜈蚣：

　　老人的最后岁月是儿女们最为纠结的时候，现代医学对许多疾病特别是恶性肿瘤（例如胰腺癌）仍显得苍白无力。记住母亲用她的全部生命给子女的爱，让爱无限传递。

雪琪：

　　母亲承受了身体的痛苦，子女承受了心灵的痛苦。虽说痛也是人生的经历，但这种经历太过残酷了。愿老人安息！

@-风起梧桐-：

　　我姑姑前两天也突然离世了，没有人知道她什么时候走的，我赶去医院的时候，人都已经僵硬了，医生说最起码已经有四个小时以上了。人生无常啊……

春晓：

　　母亲走了，那样的痛苦我感同身受。愿老人在天堂安息！

4 与母亲是一生的缘

一直相信,与母亲是一生的缘,只要心到,母亲永远在家里等你。

不止一次问过自己,我们从母亲孕育生命的疼痛中来到世界后,相伴我们成长、成熟的生命历程里,最珍贵的是什么,最该珍惜但常常不懂得珍惜的又是什么。

我们总是为了忙碌而忙碌,用太多的理由忘却了父亲母亲养育我们的含辛茹苦,总是等到了为人父母、自己的孩子也长大后才开始感悟至亲一生对我们的心疼,才懂得自责因忙碌而未能更好地心疼我们的至亲。

亲疼,相伴在我们生命的每一个阶段,只是我们自觉或不自觉。疼亲,却是我们时常疏忽的。在我因父亲母亲而写的博文编辑成册并以《亲疼》为书名出版的时刻，唯有用感念、感动、感激，来表达感恩之情。

感念。感念现代通信手段对亲情的承载，这么多年，远在千里之外，能与父亲母亲便捷地通电话。很多很多次电话里相聊的往事，不仅是我们共同的记忆，后来更成了博文的重要内容。没有无数次的电话，不会有这么多亲情文字。博文集的很多文字，其实是我与父亲母亲的聊天记录。博文成册，不是简单送给不识字的母亲一份礼物，而是表达对母亲的一份敬重，是母亲应享的一份尊严。

感动。我在母亲被确诊为胰腺癌晚期的当天，打电话给北大出版社的编辑老师，表达了想尽快将博文编辑出版，让病床上不识字的母亲闻到关于自己的墨香、看到有她照片的书的心愿。8月23日，接到出版社同意出版的电话，并告诉我争取以最快的速度在我母亲不多的时日里出版。出版社一边组织优秀编辑加快出版进程，针对母亲病情不断加重的情形，又专门邀请《中国之声》主持人姚科朗诵《亲疼》书稿中的七篇博文。8月31日，我从北京赶回母亲的病房，让不识字的母亲在病床上听因她而写的文字。母亲听着朗诵音频，很静很静，听了博文音频后的第二天早晨，母亲说："昨天夜里想了很多很多，那样的日子都怎么过来的……"

母亲病情加重后，9月10日中午我赶回北京，拿到北大出版社加班赶制出的还没有完全定稿的《亲疼》样书。9月11日忐忑地推开病房门，刚打了止痛针的母亲，见我走到床前，露出了笑容。"样书拿回来了，有你照片呢。"我让妹妹与母亲一起打开北大出版社用褐纸和红带包好的有母亲照片的《亲疼》样书，母亲既紧张又幸福。

母亲最终未能等到博文集的正式出版，但在病房看到了出版社加班赶制的样书。我们把珍贵的样书和朗诵光盘、母亲生前喜爱的手机等，一起敬放进母亲的墓里，让母亲带到天堂。为母亲举行简单的葬礼那天，在墓前播放母亲重病后《中国之声》主持人朗诵的为母亲写的博文《母亲，苦乐乾坤》《孝顺，并无来世》，感念母亲一辈子的不易，感激母亲一生为我们的付出。

在今天这个特别的时刻，我很想告诉母亲，你虽离开了我们，但对你的关爱之情还在延续。感动于出版社为我母亲所做的一切，感动于姚科老师的真情朗诵，感动于出版社以超常的两个多月的速度出版《亲疼》。

母亲重病期间，同学一成工作繁忙，但几乎每天都会去病房看母亲，在母亲身体允许时陪老人说话。好友建平，上班路上只要有空就会去母亲的病房看一看。太多的同学和朋友关心母亲的病情,让务了一辈子农、一辈子生活在小山村的母亲感受了一个普通母亲的体面和尊严。母亲是在真情关怀里走完了生命的最后一程。

学武此生铭记,母亲去世那天,好友们深夜陪着为母亲守灵,第二天放下一切,陪学武送别母亲。从同学和友亲对母亲的真情里,学武深切感受到了真朋友的信守——信守真诚,信守纯粹,信守善良。

感激。在母亲住院的两个月里,医护人员对母亲非常关爱,几乎所有的护士都亲切地叫我母亲奶奶。医生每天都给母亲带去鼓励,病中的母亲感受到了被关爱的幸福。护士长几乎每一天都要到母亲的病房里看看,握握母亲的手,给病痛中的母亲带去温情。护士长还用口腔护理棒给重病的母亲漱口。

感激母亲的顽强。母亲对看望她的友亲都会报以微笑,对医生和护士都会报以感激,不能动时也会弱弱地摆摆手。母亲去世的前一天,神智已不太清醒,醒过来时已经很难受,但我告诉她在宁波和杭州工作的同学赶来看她时,母亲挣扎着睁开眼睛,叫了他们的名字,声音微弱地说:"你们一定要注意身体……"

母亲在病床上几次对我说:"看你为了这个没用处的老母亲,来回跑得辛苦,眼袋都大了。"母亲病重后期,头靠近她的脸才能听清声音,母亲却说:"别离得太近,我还没有刷牙……"

一辈子心怀感恩的母亲,是在感恩里离开这个世界的。最后的日子里,母亲留恋生命,舍不得离开我们,疼痛减缓时,却多次对我们说:"有你们这么待我,有你这么多同学、朋友尊重我,我这么个农村老太太心满意足……"

每一个人对孝字,都有自己的理解,都有自己的方式践行孝道,而我不敢言孝。孝是行动,更是点点滴滴。《亲疼》,更多的是记录了父亲母亲对我的有声或无声、有形或无形的影响,也是对自己不孝的检讨和反思。

亲情无华。无论你写多少文字,也远不是母亲的全部。无论你做多少,都远不及母亲为儿女的付出。孝顺并无来世。唯愿天下做儿女的,父母健在时更好地心疼父母,当有一天,父母离开时,

我们能在对亲疼的感恩中前行,在信守向善、信守本色中前行。

父亲母亲以另一种方式活在我的生命里,学武以感恩之情铭记,在感念中前行……

(原题:感念 感动 感激——在北大出版社《亲疼》出版座谈会上的感恩词。2012年10月19日)

网友评论

内蒙古－雪松:

一个孝字,是行动,是生活中的点点滴滴,是感悟,是情绪中的丝丝缕缕。

衢州律师郁俭:

好文章留存在人们的心里,心动还需行动,爱父母每时每刻!

5 想让母亲再听听
因她而写的文字

"不太痛时,你多活一天都是我们的幸福。"守护母亲的日子里,曾几次握着母亲的手说。强镇痛药减缓了母亲的疼痛时,我与母亲平静地说话:"未能马上把你的疼痛去掉,对不起……"而母亲却说:"你们有啥对不起啊,待我这么好,是我自己得的病不好。"母亲反过来宽慰我们——母亲一直相信,人活一口气,只要听医生护士的话,好好配合治疗,自己出力些(加油),就一定能好起来。

懂事起从没拉过母亲的手的我们兄妹,这一次却时时地握着母亲的双手,生怕手一松母亲就会离去,而母亲也用力握住我们的手,感受亲情力量无声地传递。理解母亲病情的严重,知道母亲与我们相守的时间已经不多,我紧握着母亲的手说,每一个人都不知道明天会发生什么,更不知道自己会得什么病、遭什么罪，最现实的是，好好珍惜每一天。与重病的母亲约定，活着的好好的每一天，我们都当一年来过。

我是在母亲的病房里写下的博文集《亲疼》的后记，多么希望母亲能亲眼看见博文集的正式出版，多么希望母亲再听听因她而写的文字。母亲未能等到这个时刻，而我，此生在母亲身边写的唯一一篇文字——《亲疼·后记》，成了永远的纪念。

网友评论

新浪网友：
　　我的母亲也得的同样的病，疼了一年，真的不忍心再去回忆！十多年来，我觉得她并未离开，只是在另一个地方等着我！

步行游山水：
　　母亲对儿女的爱绝不掺假，对每个子女的爱都是一样的，母亲最怜那个比较弱的，这也是真实的，不要为此而不满，当你做了父母，你就会了解其中的一切，伟大的爱。或许当你真正理解时，为时已晚。趁父母还健在，好好孝顺父母吧！你怎样疼你的孩子，父母也怎样疼过你……，你明白吗？

金草：
　　亲疼！真的疼！
　　没有了爸爸妈妈，真的疼！
　　那种疼，那种想念的疼，无以言传！

南希妈妈围脖：
　　留着泪看这篇博文，妈妈已经走了5年，想到妈妈临走之前所遭受的病痛，依然也痛着我。

6 感念，
会让我们不忘从何处来

人生中有很多缘。与父亲母亲是缘，与母校是缘，与老师与校友与同学也是缘。

今天30号，数字30，正好是我们那一届复习三班的学生离开母校三十年的年份数。三十年前，带着对生活的憧憬，离开家乡。三十年里，无数次回老家，也曾回过母校数次，但像今天这样坐在教室一般的大屋子里，聆听老师教诲，面对面与年轻朝气的学弟学妹交流，还是第一次。

回老家时，多次路过母校大门，不是没有机会回到母校与老师与同学交流，但每次路过母校，心里总是既感念又敬畏。感念母校老师、感念在母校的学习生活。敬畏的是，毕业时曾踌躇满志幻想成为个大学问家再回到母校，可三十年过后依然是个普普通通淳安山村孩子的本色。想起德高望重的前辈校友，心里总有些惭愧。历经三十年的世间繁华，未成大事，唯有本色不变——对母校的感念因为沉淀而愈加深厚，深厚到听见淳安中学这个名字，心里就会幸福就会感动，深厚到遇到淳中毕业的老乡就会心生亲切。三十年背井离乡的生活，驻留于生命中的唯有本色。于三十年前的憧憬，这样的心路，对一个如我一样普普通通的人来说，是不是离人生的成功太远，但这份对母校的感念、对家乡的感怀，却让我心存美好，心存作为淳中校友的自豪和淳中毕业的淳安乡亲的幸福。

今年是我回老家最多的一年，五月份到现在一共回了六次。8月份到10月初，因母亲病重住院，我先后回家四趟，陪母亲走完生命最后一程。送别母亲那天，感伤里涌起惆怅——母亲不在，家便是老家。但是，这两个月里，每当想起在老家时的点点滴滴，依然觉得，乡情在、亲情在、真情在，老家还是心家。《亲疼》，记录的是我的父亲母亲在曾经的年代的担当，以及养育我们的艰辛。母亲，是滴水之恩谨记在心的坚强而善良的威坪女人，也是千千万万个任劳任怨草根母亲中的一个。《亲疼》，未加修饰记录的是父亲母亲辈的付出，还有那个年代成长的我们对父母的歉疚、对不孝的检讨和反思。

亲情无华，孝顺并无来世。我们从母亲孕育生命的疼痛中来到世界，但总有一天，我们会无力拉住老人的手，不让至亲离开这个世界。亲疼,是至亲一生对我们的心疼,而我们总是未能更好地心疼我们的至亲。

乡情是亲情的延伸,母校情是乡情的浓缩。感念亲情,会让我们不忘自己从何处来,会让自己明白你是谁,又为了谁。很难想象,一个对亲情都不在意的人,会有很深的母校情、家乡情;也难以想象,对家乡都没有深情的人,会对自己的祖国有感情;更难想象,为父亲母亲做点事都嫌烦嫌累的人,会很用心、很真挚地待朋友,会在学习上如何地不怕困难、工作上怎样地不辞辛苦。

亲情,既是相通的血脉之情,又是母校情、乡情,有时还会是祖国情的大爱。感念亲情,会让我们的心灵因柔软而更有力量,因有力量而更向善。拥享亲情,便有了力量之源,会让我们更明白为什么要用心学习,为什么要踏实做人,怎样才能学习得更好,工作得更好。

感念亲情、感念母校，感恩家乡、感恩老师，学武愿意将记录相通的血脉之情的文字与老师和校友分享，与家乡友亲分享。

祝福母校，祝福各位老师安康！祝福即将参加高考的学弟学妹考出好成绩，祝福明年后年参加高考的学弟学妹学得更扎实。

祝福校友，祝福家乡，祝福各位！母校明天会更好！

（2012年11月30日在淳中校友
《亲疼》赠书仪式暨亲情座谈会上的感恩词）

网友评论

青山小百合：

我也是，每次和老师联系，母校的老师都会说，常回校看看，我口里答应着，但是从不敢回去看看。我也是怕自己当初的踌躇满志，如今却是在水一方的无名小卒，也许母校不会在意这些，但是我总觉得自己没有颜面回去。这也许就是中国普遍的大众心理吧。但是内心却无时无刻都在牵挂着母校。就让这份心，永恒吧。

1022986063：

学武兄去母校赠书的日子，我正好回家看岳父岳母。岳母又把饭做多了，我们走后他们几天都吃不完。已经不止一次告诉她我们回去不要做那么多饭，她总也改不了。她说："你们是没有经过没饭吃的年代。那时，我每天做饭粮食再少都要抓一把粮食藏起来，等到突然缺粮那天不至于断炊。"她曾饿怕了，现在虽不再藏粮，总是怕大家没吃饱把饭做多。因此吃剩饭成为岳母家的常事。这些老人呵！

燕园北大校内社区：

人生中有很多缘。这美好的缘在微博里、在《亲疼》中传递！

7 梦回

梦里辗转
又近夜深
归期是掰着手指望星辰

离别总是心酸
注意身体
那句话是心灯永远

感念是温软
任世事纷繁
亲疼是一世的血缘

牵挂是心有风帆
斑驳四季
驻留相念的温暖

重逢是老远的一声呼喊

村口相聚又相别

未问母亲，天堂是不是很远

网友评论

cy 阳伞：
　　照片上的身影还在，人却远在天堂，读罢总是催人泪下。活着的人要好好的。

陈警长：
　　这是您内心深处对于亲情的感悟！您的作品总是能让人在浮躁的工作、生活中感受到一份宁静！希望王老师，佳作迭出！

珍壶轩：
　　前几天，母亲翻开我那已去天堂很久的父亲的照片，看着那慈祥的容貌，心头一酸，往事历历在目。

8 从未叫过你妈妈

曾经想叫你一声妈妈

一声姆哎,却是习惯了多少年的呼唤

年少时砍柴累了经过你干活的地方

一声姆哎,便把柴担支在路旁

再疲惫你也帮孩子把柴担往家扛

曾经你带着我们在田地忙

一声姆哎,一样的又渴又饿

回家你又忙碌着烧柴做饭

不愿让孩子饿得慌

哪怕生火后临时去借米借粮

曾经因欠学费我们被点名在课堂

一声姆哎,我们涨红了脸庞

你总是纠结着去看家里的母鸡第二天能否下蛋

无奈地对孩子说再等等

不想让我们太失望

曾经我们的衣服破了无法上山

一声姆哎,借着煤油灯的弱光,你一针针缝上

补丁温暖我们的胸膛

还有那碎布条做的布鞋

是过年时我们心里的时尚

曾经很多次事先不打招呼就回家

一声姆哎,忽然朝干活的你大声喊

你总是惊喜又紧张

忙着给我们倒水

又跑到菜园摘了菜连忙下厨房

曾经很想叫你一声妈妈

一声姆哎,是一生的亲疼一世的亲娘

无论酸甜苦辣你总是把笑容挂在脸上

很想叫你一声妈妈

可这一次你已去了天堂

网友评论

新浪网友:

真情的告白让人感动!

窗边的笨笨:

最平实的语言,最真切的生活故事,常读常新。最难忘@姚科老师朗诵的"学武今天咋没来电话?""昨晚立春村里热闹不?""去个电话问问做什么好吃的……"我平时木讷惯了,常常想张口却不知道说点啥。跟着《亲疼》学与老人话家常。

9 最是两毛钱压岁的温馨

过年有压岁钱,有母亲给全家做的每人一双的新布鞋,给全家一人买一双的新袜子,还有一两年才能请裁缝师傅做的每人一套的细布衣服,想方设法也得让年三十有肉、有烧酒,年饭在爷爷伯伯叔叔和我家转着吃好几家,这是上个世纪七十年代在老家过年最深刻的记忆,也是这么多年沉淀于心的过年情结。

每到过年,总会想起那个时候的年三十下午,我们跟着大伯、父亲、叔叔和堂哥等去上坟。每家都提了祭祖的用品,在祖先的墓前,先是摆上祭品,接着烧纸、点香、拜祖先,然后一家接一家放鞭炮,鞭炮声在山坳里格外响亮。回家后,母亲嘱咐都洗了脚、剪了指甲,让我们穿上新袜子和新布鞋,如果是灯芯绒布面的,我们便更是开心。而新衣服,一般要到初一才穿,因为怕弄脏了。

过年，总让我想起小时候在大年三十年饭后，母亲给我两毛钱压岁的情形（好像没有给过五毛钱）。我们把钱放在枕头下压了一晚上后，第二天（有时是第三天），都会主动还给母亲，虽是不舍得，但从不会抱怨，总是小心翼翼摸着那两毛钱，生怕把钱弄皱了。

压岁钱，承载着母亲对来年生活的憧憬，以至于后来大学毕业我工作后供弟弟上完大学，家里条件好转后，除平时给父母寄生活用钱，每年过年都要给父母压岁钱，每次都是分着给父亲母亲。深深理解在父亲母亲那个年代，钱不仅承载着尊严，更是生活的内核，父母兜里装着钱，便有对生活的踏实感，有那种生活有保障后的体面。不论是回老家过年直接给父亲母亲，还是从北京寄给他们，每次我都会告诉他们每人多少。每当回家直接给父母时,父亲总是会趁我们不在屋子时食指蘸一下嘴唇,悄悄地再数一遍,那动作像是确认多少,但我更觉得老人是在感受手指触点钞票的声音带来的幸福感和生活变好后的美滋滋,尽管父亲母亲并不舍得随意花一分钱。

过年的温馨,不仅是每次回老家一路跋涉也挡不住的归心和父亲母亲在家门口对孩子的期盼,更是惦记父亲母亲的冷暖而来的亲疼,给父母买衣服裤子和鞋子袜子等过年礼物的心里的柔软。而今年过第一个双亲不在的年,满是对父亲母亲在世时过年的感念。艰辛一辈子的母亲不管我们寄去什么东西都会既高兴又心疼。高兴的是我们回不回去过年,都会衣服裤子鞋子袜子大包小包一准让老人在过年前收到。母亲总是心疼地说:"你们也是背日头孔(老家话太阳,意为起早贪黑的辛苦)挣的钱啊!"想问一声父亲母亲,天堂里冷吗?很想告诉再艰辛的日子也能做一桌子香喷喷年饭的母亲,我们都很好,你给我们做布鞋过年的情形,带给我们一生的温暖。

守岁的日子,再次收听《中国之声·千里共良宵》节目播出的博文《流动的年夜饭》,回放很多年里的过年情结——杀猪,做油馃、豆腐、做包子、白米馃[①]、靓梳馃、做米花糖、煮米粉羹,

---

[①] 油馃:一种油炸的圆饼,千岛湖小吃。
　白米馃:一种用模子制成,蒸熟的圆饼,千岛湖小吃。

上坟回来后洗脚换新袜子、新鞋,穿新衣服,初一清晨早早开门放鞭炮和流动的年夜饭,倍加感念父亲母亲养育我们的不易。

每个人,与父亲母亲只有一生的缘,而我们总是在年轮的不经意里,遗落了亲疼,迷失或疏忽了温馨的时光,但母亲给两毛钱压岁的情形,于我,却是温暖于心的年的回味⋯⋯

网友评论

逗号小屋:
　　感动啊。新年好,父母在天堂一定一切都好,一定都盼着儿女们,天天开心快乐,知足。

cy阳伞:
　　读着你的博文,我的眼前浮现了小时候过年的情景,太怀念了。我们这一辈人生活得很好,就是对父母亲最好的告慰。

李英明律师:
　　中国春节的文化意义就在于:亲情汇聚,友情相聚,乡情合聚,爱情逢聚,人情时聚,真情永聚!恭贺新禧,此情长久!

万红卫:
　　回忆是甜美的,在亲情里活着,我们是幸福的。

重头再来过:
　　拜个年,我回家了,带着全家不计成本地回家了!遥祝兄长蛇年大吉!

10 早点回家

"早点回家。"如定时的闹钟,每天早晨上大学的女儿出门时,她妈妈或者我,总会不经意地叮嘱。

不知从哪天开始,在母亲"早点回家"的念叨里长大的我们,将父母曾经的叨叨复制给了自己的孩子,还会加一句"注意安全",也不管孩子听了还是没听。

"早点回家",从记事起,母亲曾无数次地对我们叨叨。上小学时,周末没有作业,母亲叫我们早点回家,是让放学后去小溪或田头地间,采石磅或田塍①上的猪草,或者到附近的山坡拾柴。上初中时,放寒暑假的头一天,母亲让早点回家,是让放假后马上去砍柴或者去地里干活。那个年代,小小年纪

---

① 石磅:用石头砌成的有一定高度的石墙、石坝、石堤等。砌磅在老家叫做磅,泛指凡用石头做的工程,如修石板路、筑石阶、填屋基,还有砌梯田间的石堤。会做石磅技术,在老家尊称磅师傅。
田塍:田间的土埂。

的我们，极少有纯粹的玩的时候，"早点回家"，几乎是上山砍柴或者到地里干活的另一种表达，是不能在外面瞎玩的告诫。

感受"早点回家"的丝丝温暖，是初中毕业后回家务农那段时光里，与同年伙伴天没亮就去数里之远的高山砍柴。母亲让"早点回家"——挑柴赶在上午十一点前路过父母干活的田地时，可以把柴担子支在路边，父母下工后可以帮着挑回家，少挑了一段路的我们会发了财一般地开心。

很少再听母亲说"早点回家"，是务了两年农又去县城读高中以后。每学期开学，母亲挑着米和炒好的萝卜干或梅干菜，送我到虹桥头码头，嘱咐我"出力些（意为刻苦、用功、加油）"后，总会加一句"当心些（细心和注意安全的意思）"。再后来到四川上大学，回家过完暑假寒假返校，父母送到村口时，也只是嘱咐"当心些"。"当心些"——比"早点回家"有更重的牵念，是对孩子远行的担忧。我慢慢体会到母亲的心思，是在自己有了孩子，特别是女儿长大后。女儿越大我越意识到，即使在过去艰辛的岁月，"早点回家"，其实也是母亲内心不经意间对孩子最柔软的呵护。

"早点回家"，每天匆匆出门的你，是否在意了妈妈的那一句叮嘱；忙碌的孩子，忙碌的你，是否麻木了母亲的念叨，在每个周末、每个假日、每个春节……

网友评论

蓝一薰：
　　小时候常听妈妈念叨早点回家，那时候贪玩，放学了也总要想方设法玩到天将黑才回家。现在不念叨了，却更怀念那时候的时光了。

淳子父：
　　学武兄写得饱含深情，欣赏了。威坪梓桐一带，"当心些"除了注意安全的意思，更有细致些、用心些的意思。

潘惜晨：
　　小时候我们烦母亲的唠叨，长大后我们懂了母亲的爱，有了孩子我们重复母亲的话。母亲的爱就是这样一点一点渗透进我们的心灵，温暖我们的一生。

11 一声"叔""姆",一世的"老子""娘姆"

一直没想明白,老家威坪方言里,过去为何有叫父亲为"叔"(后面加哎①)的叫法,还有的家庭叫父亲"哥哥",当然这里的"叔",与"叔叔"的"叔"意思不一样。孩子叫父亲的弟弟或者叔叔辈的,一般叫"叔叔",或者前面加上名字叫"某某叔"。叫父亲"哥哥"的,读音与兄弟间叫"哥哥"不同,前者两个字都是平声,而叫兄弟间的"哥哥",后面的"哥"字读轻音。

叫母亲为"姆"(后面加哎),并不奇怪,字典里可以查到方言中有"母亲"的意思。孩子跟别人提起母亲时,一般都称妈妈为"娘姆"。在老家,很多家庭称外婆为"大姆",叫外婆的母亲为"老姆"。有意思的是,不少人家孙子辈叫爷爷为"老伊",叫

---

① 本书中的有关称谓用字,如"哎""老伊""老姐""嫩姆"等均取谐音。

奶奶为"老姐",我和兄弟们随着父辈一直叫奶奶为"嫩姆"。

一辈子没叫过父亲和母亲"爸爸""妈妈",上大学后虽然给家里写信时试图这么叫,但没了叫"叔"和"姆"的亲切,没了那种叫"叔"和"姆"时的生动。叫"叔",我会想起跟着父亲砍柴时的情景,记起父亲在县城搞副业砌石磅时的一幕幕,还有每次回家过年进门时叫一声"叔"时的真切,一种"老子"与儿子的血脉相通——按我老家的方言,孩子跟别人说起父亲,常用"老子"的称谓,没有丝毫骂人的意思。叫母亲"姆",总会不由地想起务农时挑柴路过母亲干活的田地,肚子饿得没劲挑了,把柴担放在路边让母亲帮着挑回家的情景,想起母亲挑着梅干菜和粮食,走三个小时送我到码头赶船去县城读书的情形。

叫一声"叔",会想起晚年的父亲在暖暖的阳光下,在火炉边,拉着二胡自娱自乐,还有回家过年时父亲腌好了腊肉让带回北京,我常嫌太重不好带,让父亲剁掉猪脚和太肥的地方,父亲总是有些不高兴。叫一声"姆",会记起十多年来,每次回老家几乎事先都不打招呼,到了家门口大喊一声"姆"时,母亲的又惊又喜;每回离开家,父母送我到村口,我叫不出"叔"和"姆"的哽咽。

于我,一声"叔"和"姆",连着我长大的故事,承载了父亲母亲的不容易……

网友评论

xian：

　　乡音最亲，从来不知道称呼父母为"叔""姆"呢！唤起回忆，温暖在心～

牧原：

　　我们用方言叫一声爸爸妈妈，是我们父母耳中最动听的声音！当我们远行千里时，这是他们最期盼的声音。王兄写出了许多还在用方言叫爸爸妈妈人的心声。

庄华轩：

　　各地方言对父母的称呼不尽相同，但饱含着对父母的信赖、依恋及亲热的要素，亘古不变。学武兄文采过人，总能从生活细微处挖掘出人性中最真挚、最纯朴的感情，引人共鸣与深思！

汉安某：

　　四川话里面会把父亲叫做"老汉儿"，也没有丝毫不敬，反而是很亲切的叫法。其实，我们都在不知不觉中，承袭了祖辈父辈留下来的东西——比如生活的习惯（吃辣酱、腊肉、咸菜），又比如方言里的称呼……那些东西深深刻在我们的骨子里，走得再远也不会忘记。

@焦波和俺爹俺娘：

　　俺那里父亲叫爹，母亲叫娘也叫姆（俺读 mei）很亲切！

12 珍重老人的自尊，是他们的尊严

时常听到用体面或尊严来表述生活品质，却独独疏忽了父母的自尊。

老家在奉化的一位好友曾经讲过在老家买房的故事。好友与家人看了多个小区，后来范围缩小到三处。大家一致意见选朝向、楼层都适合老人居住，且性价比最好的一套，但未马上去签合同，而是腾出工夫带母亲看了待选的三处房，最后从位置、朝向、结构、价格等角度与母亲沟通，让老人拿主意。母亲看了房子，又听了孩子们的意见，也希望买性价比最好那套。"就按妈妈的意见办！"朋友当场跟家人说。老人很有被孩子尊重和大事拍板说话算数的开心……

朋友的故事让我思忖了很久，也因此受到教育。当得知不识字、务了一辈子农的母亲去年秋天到我表弟办的小厂上班时，我并没有责备老人。怕孩子不同

意她去上班，母亲开始并不敢在电话里直接说，而我如果当时要听到母亲自己说去上班，估计也不会同意。但是，无意中知道了73岁的母亲去上班时，并没有说老人，相反，很是理解母亲潜意识里羡慕到"单位"上班的情结，只提示她别累着，想去干就干，只要自己高兴，怎么都行，而母亲的内心也满是被儿女理解、被"单位"需要和拿到虽微薄但属自己的工资的开心。

好友买房的故事，七旬母亲去上班的开心，让我渐渐领悟到，除了生活上的关心，对老人的尊重也应是有内涵的尊重。尊重父母的内心，是让老人享受有面子的自尊；倾听父母最在意的事情，是对老人内心"情结"的最大尊重。

珍重老人的自尊，是他们的尊严。

网友评论

徐支农：

在33年前我母亲因心脏病突发而去，我姐姐24，我17岁，我弟弟8岁，父亲从此孤单一人，从此这家就一直残缺着。

高晶 BrianGao：

父母年龄越大，性格越发孩子气，也会因为逐渐融入不到儿女的世界而失落。多哄哄，多听听他们的意见，老人才不会有被遗弃的感觉。

冰雪佳人：

以后我再也不和我妈妈犟嘴了。

13 冬至,怀念嫩姆

每逢过节,在超市购物经过点心专柜,总会不自觉地想起"嫩姆"(老家话,奶奶)。常想,嫩姆要在,一定给她买蛋糕、萨琪玛、豆糕等等又软又甜的点心,当然还有江米条之类。

最后一次叫嫩姆,是1979年8月底,初中毕业务了二年多农的我,重新上学后考上高中到县城读书。那天,大概早晨四点半,母亲要帮我挑米和梅干菜,走几个小时送我到虹桥头码头去坐船。急着赶路,叫了声嫩姆,告诉她我走了,嗓子哽咽。也就是那个学期,嫩姆离开了我们。因为怕落课,也舍不得路费,就没有随在县城搞副业(做民工)的父亲赶回家,也因此未能见老人最后一面。

嫩姆是旧时裹了小脚的妇女,晚年主要靠给人纺线和缝草鞋袜①挣点零用钱。因为慈祥、爱干净，生产队里大大小小的邻居都叫她嫩姆。嫩姆缝的草鞋袜，细细、密密、匀匀的针线活备受称赞，穿着她缝的草鞋袜总是特别合适，厚薄适中，既护腿，又方便上山干活。记不得是几毛钱还是一块钱一双了，但只要忙得过来，嫩姆从不拒绝邻居所托。

从我记事起，嫩姆就没有过自己的房间。我家以前住的是老祠堂式的屋子，同族好几家住一起，屋子中间有天井，嫩姆在大堂的一侧用木板挡出了一块住的地方。虽然不是房间，但堂哥堂姐和我哥，都喜欢陪她住，尤其冬天，都愿意给她暖脚。堂哥学友去当兵的头一天还陪嫩姆。嫩姆的床没有褥子，只是用择好的干稻草垫在草席底下，堂姐爱兰出嫁前一天，还跟嫩姆在一张床上睡。

小脚的嫩姆享年82（虚岁），生过八个孩子，只有我父亲和两个伯伯活了下来。嫩姆晚年时，夜里起床摔成了骨折，起居不便，上厕所都得有人扶着，基本上在床上吃饭。饭熟时，不论是苞芦馃（玉米饼）还是其他的，虽是粗茶淡饭，但我们兄妹总是先给嫩姆端去。怕没人时挨饿，有时她也会把早晨的饭留下点放在枕边。

嫩姆床头是冬天烤火的火炉，至今忘不了她讲的鬼故事，尤

---

① 草鞋袜：与草鞋配套穿的一种袜子，多用麻布缝制，袜筒较高，类似绑腿。

其是大年初一初二，嫩姆常讲，老伊（老家话爷爷，已去世）昨晚回过家，还把火炉拨拉开了。嫩姆说得有鼻子有眼，我们以为是真的。夏天，当父亲母亲月光里就去地里拔豆时，在家的孩子们听到远山猫头鹰之类的叫声，嫩姆常说是远处的鬼叫。更让我们瘆得慌的是，邻居老人去世后，嫩姆说她们夜里常来叫她的名字，那天夜里起床，就因为没答应，所以摔了。

记忆里，嫩姆一生很少吃到点心，难得的几次是厂里上班的堂哥给她买的饼干，但她却剪过自己盘着的长发，卖了钱，用其中的一部分给我们几个馋嘴小孩换货郎担上的麦芽糖（北方叫关东糖）。看着货郎用小小的榔头轻敲着小铲刀，小心翼翼切下一小块麦芽糖，称了称，不够，又补上点，几个孩子别提多美了。我们一人一小块吮着咂摸着麦芽糖，舍不得往下咽。

嫩姆爱干净是生产队里出了名的，但嫩姆生过我的气，并不是因为我不爱干净，而是我砍柴回家后，看大堂里的鸡来回跑，到处是鸡屎，责怪妹妹没有扫地，打了妹妹一下，嫩姆狠狠地说了我。

嫩姆一生没有照片，但一直清晰地印在我的心里……

网友评论

淳子父：

嫩姆一生没有照片，但一直清晰地印在我的心里。很感人！

杨立范：

奶奶最疼我了，常常将好吃的偷偷地给我留着，犯点小错误，爸爸管教我，奶奶总是护着我。在读大学时奶奶非常安详地走了，未能送奶奶是我一生的痛。

梁桦：

每次看您的文章都像打开记忆的书，看着这篇博文，我想起了自己的祖奶奶，在我的老家叫太奶。我小时候是祖奶奶带大的，老人84岁离开了我们。留下的照片已经模糊，甚至我已记不清老人的容貌，但那些充满爱的点滴一直留在记忆里，从未褪去。谢谢您的文章，在冬至让我感受到温暖。

欣欣爱吃肉：

我叫爷爷奶奶为老姨老姐，刚上学那会儿，试着用普通话叫他们爷爷奶奶，他们还听不懂呢。

守谦：

我幼年也常听到奶奶讲起这样的鬼故事。老人上了年纪，有时会出现幻听现象，而且多半与熟悉甚至亲近的人有关。因为在他们心里，这都是摩挲过无数次的名字和记忆。家有老，如有宝。只有经历过三代同堂的农家娃才能明白它的深意。

14 温暖

一直为自己的文字不会修饰、不会引经据典而感到惭愧,但文字朴素的《亲疼》出版前后,却得到了如张翕[1]老师等朋友的包涵、鼓励,学武心感温暖。是的,在这个喧嚣的时代,何为好文字,朴实无华是否能传递心灵间的温暖?特转录张翕老师的《西江月·重阳读〈亲疼〉》,与朋友们分享,并借此致谢张翕老师的抬爱、支持。

西江月·重阳读《亲疼》

张翕

小小的会议室里,放了过大的一团花簇,花香浓得让人有些喘不过气来,甚至有点刺激了我们的眼睛。黄昏,也正是一个人最敏感、也最伤感的时候,许多与会者都忍不住哽咽甚至落泪。

---

[1] 中央人民广播电台《文化时空》《书香两岸》节目主持人。

这，的确是一次很特别的新书分享会，因为在座的嘉宾，多多少少都读过学武的文字，不论之前是否见过面，通过文字，通过博客，都早已经相识相知。

这本新书，书名叫《亲疼》，读过学武文字的人，都能体味这份浓得化不开的亲情，和因为情义深厚而更深刻地体味到的疼痛。

百善孝为先，痛失亲人的学武老师把真情凝聚成一本《亲疼》，唤起儿女对孝的反思。

清王永彬《围炉夜话》"百善孝为先，万恶淫为源。常存仁孝心，则天下凡不可为者，皆不忍为，所以孝居百行之先；一起邪淫念，则生平极不欲为者，皆不难为。"《孝经》开宗明义章："身体发肤，受之父母，不敢毁伤，孝之始也；立身行道，扬名于后世，以显父母，孝之终也。夫孝，始于事亲，中于事君，终于立身。"

老吾老以及人之老，幼吾幼以及人之幼，推己及人，却是从孝亲做起。而对人到中年的儿女来说，或许世界上最不能等待的事情就是孝敬父母。对上有老人、下有儿女的中年人来说，老人永远没有错，错的只是儿女，小孩子永远没有错，错的只是教育者，我们的年龄支撑着老人的希望与孩子的未来。

母爱和父爱是这个世界上最博大的力量，传承在儿女的血脉和精神上，带着感恩与奉献，一代一代延续。

在我看来，好文字的标准是表达真情实感，无论何时何地，何情何境，真情是好文字的基本要求。

在这个文字泛滥的时代，太多的彰显，太多的矫情，太多的华丽，太多的粉饰，学武老师的文字朴实无华，却是真正的好文字。无论何时，读来都是一种温暖。

又是金秋重九，云淡雁远惊天。中年始道孝为先，点点滴滴是念。

少小亲疼如海，长成魂梦追烟。枫林霜晚最挂牵，天地久长恩无限。

15 生日，不只是祝福

没有了母亲的生日，于我，是生命里的头一次。

应该是老家小山村当年的接生婆把我从母亲的生命里接到这个世界。说接生婆接生了我，于我自己并没有记忆，而在八年后还是那个接生婆阿姨在同一间屋子接生了我的弟弟。

那是一个下午，干活的母亲因为感觉肚子痛而提前从地里回到家，躺在床上休息，到晚上已痛得阵阵哭泣。记不得谁去叫了属同村另一个生产队社员的接生婆，当时接生婆也是拿工分的。接生婆背着接生用的小木箱子，颇为自信地从村里经过时，总会引得别人尊敬的目光。接生婆到我们家时，应该是夜里八九点钟了。我隐约听到她打开箱子准备着剪刀等工具。奶奶给点着了煤油灯，接生婆应是在灯上烧着剪刀，权作消毒。好像还准备了个木制的大水盆。大概半夜前后，随着一声清脆的婴儿哭声，母亲止住了疼痛的叫唤。那个时候该是接生婆最忙手忙脚的时刻。大约过了一个小时，住在阁楼的我听到奶奶和接生婆抬水盆出房间的声音；之后，接生婆洗手，奶奶让她趁热吃了刚煮的红糖荷包蛋。不多一会儿，接生婆回家了。因为家里当时只有一间屋子，我是住在不能直起腰、只能用木梯上下的小阁楼上，迷迷糊糊听到了接生婆接生的过程。我猜测，大概我也是这样来到这个世界的。

  我也没有吃过母亲奶的记忆。妹妹比我小四岁，我大概两岁左右就被断了奶。当看到与自己同年龄的孩子上小学一年级时下课还跑回家吃奶，我总是笑话他们。不仅没有吃过母亲奶的记忆，我连一次被母亲拥抱的印象也没有。哥哥比我大三岁，妹妹比我小四岁，弟弟比我小八岁，我们都是自己还没长大，便学着照顾下面的弟弟妹妹了。小个儿的母亲，干农活却不逊色于生产队里的其他妇女。虽然家里很多年都是缺粮户，但因为母亲的要强和勤俭，日子还是充满了生机。但是，母亲的艰辛，有时我并不理解，还跟母亲吵过架，好几次气急了母亲。记得有一次，母亲要揍我，我飞快地在村弄里跑着，最后跑进生产队的公用厕所，躲在旮旯里的柴禾后面待了一个多小时，而母亲和哥哥在到处找我。不记得最后母亲是怎么消的气，而我又如何躲过了一顿揍。

  记忆里连母亲牵我手走路的片段也搜索不到，大多的记忆都是母亲带我们干活时对我的照顾。温馨，于山村里长大的我们似乎是梦里的词汇。母亲前年在北京小住时，遇到过马路我还不好意思拉她的手，只是轻轻地扶着老人的胳膊，而母亲不自觉地拉我的手时，我会假装无意间躲开。当母亲重病在床，一辈子都没有跟母亲亲近过的我们用力握着母亲的手时，老人的回握是那么有力。那个时刻，我才感觉母亲饱经沧桑的手那么柔软而传导着生命的热流。

我在去年《生日如烟》的博文里写过这样的文字——"从没有给父母过过生日，父母也从未给我们过过生日。父亲母亲一直不知道自己的生日，也不记得四个孩子具体哪天出生……"，"想起当我为从来没有给父母过过生日而愧疚时，母亲总是说"过什么生日，现在天天都跟生日一样"。是的，生日，在父母生命里

一直比较陌生。父亲母亲并不在意过不过生日，而是感念肚子不饿、冬天有衣服穿、过年有肉吃、过日子不用借钱、平时孩子能惦记他们。而生日于我，更多的是朋友相聚的由头，或者对年轮前行的感叹。

"生日如烟，生命如歌"，没有了母亲的这个生日重读博文里曾写的这句话时，深切地感悟，生命如歌、生日并不如烟。虽然无法体味母亲要承受怎样的疼痛才把我们带到这个世界，但正是你来到世界这一天，母亲完成了生命的延续和血脉的传接，并开始了一生对我们的呵护。生日于我，虽没有太多的浪漫，但这个生日让我慢慢地回味，母亲是以艰辛日子里的要强，给予我们更真的柔情，以一生的辛勤和付出，表达着对我们最平实的庇护。

第一次过没有了母亲的生日，感念变得更清晰。生日不只是一种情怀、一份祝福。这个生日起，不在意过生日的我，要在心里每年过生日。生日不仅仅是自己的，更是母亲给予我们的生命续接。生日，不只是生命里程的计量，更是生命意义的积淀。

生命续接的日子，便是生日。生日是亲疼的承载，也是疼亲的柔软。

网友评论

yiheguo：

　　每每看到王老师平和温情地述说妈妈的故事，心中总泛起一丝难以言说的情感，眼里总是有点潮湿。我们是感情内敛的一代，从未当面向母亲明明白白地表达过爱意和谢意，不知什么时候能够鼓起勇气当着妈妈的面说一声："妈妈，我爱你！"王老师，没有妈妈陪伴的生日更有妈妈来自天堂的祝福，生日快乐！

双羊：

　　小时候母亲是一种依赖，长大后母亲是一份牵挂。没有了母亲，心的一个部分就空了，也许是为了让我们回忆的。

16 你的心情有人懂

"我们看世界的时候,世界也在看我们",时常读到这样一句心灵提示。其实,当我们理解世界,世界才会理解我们。同理,当你感悟并尊重了别人的心境,别人的内心世界才可能理解并尊重你。

十多年前,我在一家财经媒体任周刊主编,审稿时数次听小同事对自己写的长而又长的文章解释,解释如何如何重要,对行业如何如何有意义,而我耐心听完后几次对小同事说,"不要怪别人看不懂,是你自己没说明白,也没写明白","你有时间对主编解释,但有机会对十多万读者解释吗"。同事年轻,当时多少有些尴尬,此事过去了这么多年,也没再往心里去。没想到,一个多月前在微博与昔日同事相遇。他聊起当时的情形时说"受益匪浅",并告诉我,创业后几次与现在的同事分享这个故事。

别人是否懂你，关键在你是否真懂了自己的前提下懂了人家。懂自己，是知道自己从何处来，又向何处去，怎么去；是否理解昨天的你是谁，今天谁是你，明天你要做谁。唯有如此，你才可以静下心去感悟别人、理解别人。上周末，拜访一位在业界颇有影响，曾在一产业部委做过数年公务员，后又到国外留学，回国后创业并做大了事业的民营企业家。年长于我的这位朋友，在别人眼里光环一圈又一圈，多项社会头衔，足显其实力，应该很有些优越感才是，可他却告诉我，在微博上刚写了自己的心态："回头看昨天，就如演了一场小丑角色的戏；低头看今天，发现我什么都不是；抬头看明天，我只知道我自己。"我理解朋友所说的"经历过且拥有过，有到此地一游的感受，时过境迁，无怨无悔；未来时且冲动着，有到那地梦游的感觉，得过且过，所欲随心"的心境，一种重新回归简单、回归自然的超脱，同时也更敬佩朋友事业做大后重新审视自己的勇气，经历了繁华后没有丢失本真的可贵。虽然我未把内心的感受全说出来，但笃信朋友会有更佳的状态，会做更懂这个世界的自己。

与同学或朋友相聚，不经意间总会听人谈及别人能否懂自己的话题，我常常如此表达个人感受——不是别人不明白，是你自己没想明白或没说明白。在理解别人的前提下，用最简朴的语言表达自己的内心，自然就会让人理解。做事业，关键看你是否明白了客户和合作伙伴的心思。你写的文字,即使简单如邮件,别人是否能看懂,关键也在你是否能平和地理解受众,你表达的是不是最真实的内心。

  曾经发过两条很随意的微博。"下班路上饿了,快到家时老远闻到超市门口烤白薯的味道,不犹豫,不懈怠,不动摇,买了白薯,买了烙饼,买了草莓。回家先开了个白薯,香进肺里。热了昨晚的腊肠,洗了两个尖辣椒。热烙饼卷腊肠、生辣椒,狼吞虎咽,回肠荡气。再洗了两个草莓吃,没了理想。幸福得犯困。"另一条,是我在爬到香山顶后所写:"山顶。戴上耳机,听一段电台主持人朗诵美文时的配乐,是爬山次数多了后每每到山顶时的习惯。喝一口矿泉水,偶尔吃一口带的点心,没有了堵车,没有了尾气,没有了嘈杂,内心宁静中仿佛要穿越,穿越到父亲健在的时光。想听同样音乐细胞不多的父亲,晚年坐在竹园相衬、小溪相依的坦①里,不成曲调地拉二胡。"没想到一博友看后这样评论:"你一顿饭的豪情让我羡慕,为什么你的一次上山之旅也让我垂涎呢?原来是你的文字朴实得让我感到内心的宁静,普通的日子也让你演绎得如此幸福与精彩。"读到博友如此包涵、抬爱的微评,心里不无开心,不无被鼓励的幸福感。

  我于去年10月12日开始写亲情博文。数月来,内心一直有一种被理解、被读懂的感动,被一种叫感同的相知所围绕。我

---

①坦:专门晒粮食的平整而开阔的水泥地。

的职业生涯里,在应邀为著名外企做高端培训时,曾说过这样的话:"能否两分钟内说明白一件事,一分钟内表达清晰自己的想法,不仅是对语言能力的讲究,更是对你感悟人和事能力的考试。"我一直有意无意地要求自己努力这么做,也因此得到了朋友们的理解。曾经在博文《你有多幸福,其实自己并不知道》里写过这样一段话:"幸福的生活往往相似,幸福感却常常不同。时常听到对生活的抱怨,抱怨命运不公,抱怨怀才不遇,抱怨被人伤害,抱怨被人欺骗,抱怨别人不帮忙,抱怨朋友不真诚,而所有的抱怨日积月累便麻木了自己对幸福的感悟,忘却自己其实是幸福的人……"而一位从未谋面的博友读了博文后来信:"看你的博文,总是在最平静中慢慢体会不平静的力量。说起来也许你不信,在你的字里行间,好像触摸到你,不仅是你,而是你我他,柔软的内心,不禁湿润了双眼,热泪盈眶。幸福的含义多么深远,各人有各人的不同理解和体会,千真万确。你从最平凡的生活中,发现、提炼着幸福的美。我既震撼,又感同身受。这些想法,也许有点阿Q,但生活正是需要阿Q般的乐观和幸福感。感念活着,感谢正常的微不足道的生活。而你对父母幸福感的描述,让人欣慰又疼痛,也许正是这些平常的亲情,触痛了我们的内心。也让我们如此感谢现在富足又丰满的心。"读着如此真挚、比原文优美得多的文字,内心不能不感动。

　　读懂和被读懂都是心灵最幸福的。开始写亲情博文的日子里,时时被这样的幸福所包围。当我在《父亲:一生最倔是担当》一文中写道:"做一个父亲,最难是担当,而最难的担当,是最难的日子生活担子肩上扛。一直未能忘却读小学时,老师一次又一次在课堂上点着名催交书费学费,放学后脸红着几乎逃着回家的我,总是问父母要书费学费,而拿不出钱的父亲总是一言不发,闷闷抽着旱烟……"@制片人赵赋在评论中深情回忆起读书借钱的经历:"读高三时,年轻时结拜兄弟近百名的父亲,很低声微笑地向万元户的亲表姐借钱,'最后一年了,让老幺读完高中……''借多少?''有点多,二百……'父亲怕要多了,随后改为少点也行。亲表姐和姐夫说:'钱有,在银行存的死期,等明年秋天吧。'回家的十里路上父子无言。"而老家乡亲@王让来则写了这样的感受:"看了学武的博文,回忆学武父亲的一些往事,他一生聪明,硬声硬气,做事相当麻利,从不违法乱纪,一生中体弱多病,却从不放弃,敢于担当,是一位值得崇敬的好父亲,好男人。"一位叫潘昶永的博友读了博文,这样写道:"在这个夜里读起这些文字,让人有些感伤,'欠学费'这个听起来会脸红的词语,可我小学却也经历过。那些天总是很难过,回家跟母亲说老师要交学费了,母亲说,告诉老师,等咱家小猪仔卖了就交。可小猪仔才刚出生!所以小猪快快长大是我那会儿最希望的事情。"而另一位博友这么表达自己的感触:"怀旧,平民,笑中带泪,令人心被触动。"

真诚是向善者的资信,简单是沧桑后的不复杂,将心比心是相互理解的至要。当我在博文《天堂的父亲,是否每天还喝点小酒?》中写到:"父亲在世时,从没能请他下过馆子。父亲喜欢喝酒,即便是在上世纪七十年代的贫穷年景里,家里若来了客人,总让我们去村里唯一的小店打散装烧酒,一两或二两。喝酒是父亲一生喜欢的。亲友围在身边陪他喝酒,听他讲内心曾经的'辉煌'。"@检察官贾岩于评论中回忆起自己的父亲:"我也只是在过年节的时候和父亲一起喝杯红酒。父亲患病后的最后一个春节,我陪父亲喝酒,全家过得最难过的一个春节,父亲很坚强,撑着身体陪我们过了最后一个年,现在想起来就难过,当时还录像了,但从没有看过。还得再对老娘好点,一定要让老娘幸福健康地生活,成为百岁老寿星!"@陈警长第五巡逻车这么表达自己的感受:"每个人都有自己的故事,其实他们只是想找一个倾诉的对象……多陪陪自己的父母吧,因为,他们永远是我们最爱的人。"作家@魏远峰回忆父亲的倔强:"当兵半年,父亲就偏瘫了,为了不影响我,他'封锁'了消息,直到三年后,我探家才知道。"博友@晓英视线则写了烙刻心灵的故事:"想起父亲,让我回忆很多。记得有一年开车和父亲去二百公里外的地方买东西,中午附近没有餐馆,父亲让我在车上等一下,他走半个小时手里拿了四个烧饼回来,让我先吃,我说不饿,当时看着父亲干吃着烧饼,我强忍泪水……"

感念父母，是所有情感里最相通的，本不相识的心灵最靠近的。《温暖足底》一文曾记述母亲做布鞋："母亲一辈子都不会织毛衣，因为很多年家里买不起毛线，但母亲每年都会利用农活之余，给父亲和我们四个孩子纳鞋底做新布鞋，至少一年一人两双，一双自然留在大年除夕晚上，一家人用热水洗了脚后穿上新鞋过年……"博友 @胡思扬读后留言："王老师的文字还让我想起很小时候的一组生活镜头：打夹纸（用一些不用的旧衣服、床单之类，与玉米糊一层层粘在一起，作为鞋底材料）、剪鞋样、纳鞋底、搓麻绳。尤其是搓麻绳、纳鞋底，一群年轻的妈妈们排成排或围成圈，边聊天，边做手上的针线活儿，现在想起那镜头都觉得好美好。" @睦然06转评时写道："很温馨的回忆。我想起我母亲，织衣服如织'长城'的母亲。由于学校工作忙，母亲一件毛衣要织几年，所以至今我都没穿过一件母亲完整织成的毛衣。但这并不妨碍母亲对我的爱，对母亲的爱恋和敬重。"来自老家浙江的高国华兄这么转评："母亲那带着细线在头发上滑针的动作，定格在我的内心，温暖着一生的足底。学武兄也深深勾起我的回忆啊！"

能读懂父亲母亲，才能读懂别人，也才能让人读懂自己的内心。博文《母亲，随身手机唯接听》记述了手机于老人的细节："母亲从未用手机往外打过一个电话。老人只会用两个键，一个是接听键，一个是挂断键。每天早晨，上班路上我都会给老人打个电话,下班回来也会不自觉地去个电话问问做什么好吃的。平时不习惯更舍不得兜里装值钱东西的母亲,现在在菜地里干活都带着手机。"来自同村的 @安川居士 indispensible 微评:"真的很感动,十多年的每日两个电话,这份坚持,不是谁都可以做到的。突然想到余光中的乡愁,邮票的时代过去了,但是我们的乡愁却一直在延续。乡愁就是一部手机,一个电话,您在这头,母亲在那头。"博友 @Lilysky 真挚博评:"每天给远方的母亲打两个电话,聊在市场上买了几根香蕉、晚餐吃的啥,以及炉火旺不旺。一直都敬佩学武兄,这些坚持不懈的体贴与平静淡然的叙述,像是一部纪录片,老旧的画面闪耀着温暖的光芒。"

写亲情博文以来,时常感念相识和不相识的朋友对我的包涵、抬爱和鼓励。当《中国之声》主持人数次朗诵我朴素的博文,当未曾谋面的楚天新闻广播主持人清明节深情朗诵我感念父亲的博文,当同样未曾谋面的江西卫视 @记者吴永俊 费心让实习生把电台音频制作成视频并发邮件给我,当老家朋友建平兄读了博文告诉我"学武,你写的博文似原生态",当十多年未曾相聚的同学一成读了博文后对我说,"很亲切,很真实,你写的就是我的生活",当比我小得多的在上海工作的本家小兄弟留泪读完博文后告诉我,更加理解父母那个年代的不容易,当在老家乡镇任职的邵红卫兄发信鼓励,"家若安好,便是晴天。学武兄语言质朴,仿佛能闻出泥土的芳香,真的,你快把那些文字续集出版吧,我期待着",满是温暖,心被感动。

真诚的心灵不设防,你的心情有人懂。"文章因真情而感人",感念作曲家＠郭洪钧、＠王才亮律师等诸多好友给予的真挚鼓励。唯有真诚,才能心灵相通;唯有真情,才能彼此读懂。

网友评论

珍壶轩:

有些人总认为没人了解自己,星云大师言:你何尝又了解自己呢?其实,造成"没人了解自己"想法的,不是没人愿意了解你,而是你不善表达自己。我想,如果学会了倾诉,自然就会有倾听者,因为,大千世界,能共鸣者并非凤毛麟角。你的心情,有人懂!

南行大叔:

深夜回家,打开学武兄的博客,细细读来,颇有人生教义。我也曾写过一条微博,大意是:只有了解自己需要什么,那么才能真正轻松、愉悦地生活,才能品尝到幸福的滋味,才能享受到友情带来的温暖。先了解和读懂自己确实很重要!

jianning1985:

读王老师的文章不需要看时间,白天夜晚均可,哪怕是在极为嘈杂的环境中也能让人理解其中的含义。现代人大多不满意现在的生存状态,是因为不能以一颗静谧的心去体味繁芜丛杂中的世外桃源,也因为常以复杂的思维方式去看待简单的你来我往。所以,我们在内心都渴望被理解、被包容,让一切回归平淡、回归本真。

17 你想我如我想你

任星转斗移

前路茫茫

拗不断思念的翅膀

梦幻你飞来

听你亲口说

你想我如我想你

惦念的时光秒秒分分

当朦胧着的晨曦带走相念的苦涩

幸福于心间冉冉升起

思念如故乡的小溪又如晨风习习

沥沥如雨绵绵似雾

蠕动在难尽的心语

爱的潮水因你而涌

想念是无闸的潮、湍流的激水

弥漫静夜的时刻

我只能说

想你已不分黑夜还是白天

你是生命中不褪色的记忆

美丽姗姗而来

深嵌每个细胞每次呼吸

纵使千山隔阻

甜蜜布满每条心脉

多想听你说

你想我如我想你

网友评论

分宜县委宣传部长李虹：

　　读完口齿留香，似乎王菲的天籁之音响起："想你时你在天边，想你时你在眼前。"这也是一种传奇。

钟艳宇：

　　"你想我如我想你"，好直白、浪漫的"白话"，喜欢，情人节快乐！

18 一生感念

常听朋友感慨人情淡漠,而我却总感怀自己的幸运,感念此生因真情而幸福。

离开家乡三十年,我时常会想起第一次借"盘缠"去县城的情形。1982年的夏天,公社广播站通过村里高音喇叭通知上了大学分数线的学生去县城体检,很是兴奋的我告诉母亲我自己去借"盘缠"(路费,到县城坐船单程七毛五)。那一次,叫应祥的叔辈邻居借给我两块钱路费,现在想起来应该比得到赞助去趟国外还要开心。依然记得大二暑假回家,临近开学路费还没着落,母亲和我心急如焚,外婆村一在乡镇企业上班与我们家有点亲戚关系的的芝兰借给了20元。

感念真情,在我的生命里具有特别的意义。因为真情,当母亲生病需要帮助时,远在千里之外的我可以托付同学和朋友帮忙。数年前,母亲腰间盘突出严重到必须手术,愣是好友立标兄不但费心把老人接到县医院,还连夜把下班在家的骨科徐叙义大夫接到了医院。而初中同学徐树忠则背着我母亲上楼下楼做检查。母亲住院那些日子,在县城忙乎小生意的邻居王涛,每天送饭到病房。正是这份真情的照顾,温暖了术后躺在床上好几个月的母亲。母亲恢复得很好,半年后慢慢生活自理,后来还能自己种菜。

每每念及在县城读高中的日子,都会内心充满感激。因为住校,更因为家里贫寒,几乎顿顿都吃从家带的辣酱炒梅干菜或萝卜干。为了能多吃一些日子,每学期开学时,母亲总是使劲往竹筒里装了又装,按得结结实实,同时让我带些生梅干菜备着。当家里带的菜吃完告急时,同学梦建常常让我去他那里吃辣酱。梦建的辣酱里有腊肉,可以直接当菜,现在想起来都香。而这个时候,家在县城的同学首红总是让我把生梅干菜拿到他们家去炒。首红的奶奶和母亲,用自家的菜油、辣酱帮着炒好满满一大缸子梅干菜,我又能坚持一个来月。

真情于我,是此生最宝贵的。不论大学四年同学高伟的相携和一起做家教,谢琦、宋翔、新宇等诸位同学曾经的相助和有福同享,还是到北京工作后的岁月,特别是最艰辛的日子,抑或回老家时同学、哥们的抬爱和关照,真情,让我心里满是温暖。不会忘记刚到北京工作时,刘森兄曾让他母亲给我补过牛仔裤;也不会忘记母亲和妹妹第一次来北京过春节,同单位的老房大姐把自己的新房子借给我们……

感恩生活,才会恪守良知。感念真情,才能一生心地向善。滴滴点点,太多的真情关爱,无法一一记述。生命,因真情而温馨。真情,有时是心灵的交互。

网友评论

高晶 BrianGao:
　　生活如明镜,当你微笑时迎来的是无限的阳光,当你感恩时得到的是温暖的情谊。借学武兄博文致谢我所有的朋友,没有你们人生并不完美。祝兄长聚会顺利圆满。

万红卫:
　　只有学会感恩,时时感恩,我们才会知道自己是幸福的人。

19 （没）看见

我并没有看见母亲离去时最后的瞬间。

那一刻，呆呆地靠在病房门口的我，任听妹妹在母亲病床前大哭。日夜不离，守护母亲整整两个月的妹妹香兰，把憋了太久的悲伤哭了出来。

对母亲的离去，我们兄妹有心理准备，几天前就已经为母亲的后事做着简单而周密的安排。忍受剧痛的母亲靠着意志，陪我们度过最后一个中秋，生命已是垂危，所有的止痛药不再有止痛作用，相反，只是一阵阵痛得昏迷过去。醒来后，要么说胡话，要么喊痛，要么微弱地说："说不出的难受。"

那天早晨——母亲离世前的一个小时，老人依然在昏迷中。母亲短暂醒来时，妹妹问她渴不渴，母亲摇摇头。妹妹用漱口棒给她漱口时，我看见母亲突然想咬住漱口棒,后来又昏迷了。因为哥哥学平、弟弟学军都在,我到医院附近去吃点早餐。回来的路上,哥哥给我打电话:"快点!"我知道母亲不行了,飞奔到病房时,医生护士已在手忙脚乱地急救。母亲的眼皮耷拉下来,彻底没有了精神,嘴里、鼻子里都在往外喷水。插管来不及,做什么都只会让临走的母亲多受罪。什么也做不了的我,只过去拥抱了妹妹:让母亲走吧,走了就不再疼痛。狭小的病房留给了医护人员,但十二分钟的急救后,母亲辞世。

不是不能正视母亲的离去,是不愿看到母亲离去前一系列抢救程序的徒劳和最后受折磨时的残忍。我并没有看见母亲离去时最后一瞬间的情形,不忍心这样的生离死别,不是害怕,是不想。

留在心里的,更多的是母亲活着时看见我们和我们看见母亲时的幸福。去年8月,母亲重病住院,我们从北京赶回老家,还来不及到住的地方,就直奔病房。母亲看见孙女时,惊讶与幸福交织在脸上。那一刻,母亲特别好看,看不出病魔正在吞噬她的生命。

从来没有过对母亲年轻时的回忆,回忆里只有母亲一年比一年变老。很想在脑海里搜索到母亲年轻时的模样,但怎么也想不起来。曾经把没有对母亲年轻时的回忆的原因,归结于母亲以前没照过相。母亲是到了六十多岁,朋友陪我到老家时才第一次给她抓拍了几张照片。但是,真正的原因,是做儿女的我很少很少

仔细看过母亲。我只看见母亲的忙碌、母亲的不易,却很少仔细看过母亲的神情。

"没发现你有这么卡奇(漂亮)啊。"当我把拷在手机里母亲在北京的照片给她看时,母亲羞涩地笑了。"一个农村老太婆有什么好看,是照得好。"母亲有点难为情,但又满是开心。

"照片印到书里好不好",我跟她说要写一本关于父亲和她的书《亲疼》,会很快出版。

"用的个(可以),"母亲又有点不好意思,"别人会不会笑我啊?"

"像知识分子的这张照片,印到书里可以不?再洗一张大的放到镜框里摆着好不好?"我假装轻松地对母亲说。母亲病情严重,留下的时日不多,我想选一张母亲满意的照片作遗像。"好,好,我也想摸摸书!"不识字的母亲说。

我在老家彩印店放大了照片,并选了好看的木制镜框装饰,没有遗照的感觉。"真好看!""太漂亮了!"当我把照片带到病房时,好几个大夫、护士看到后,特意来病房夸母亲。那个时候,母亲应该暂时忘掉了病痛。

没有关注母亲,是做儿女的愧疚,但母亲无论什么时候,心里都能看见孩子。母亲住院的后期,因为病情严重,也有强止痛针的副作用,老是在幻觉里。医护人员告诉我们,老是幻觉,就是病危的信号。

"坦里有谷子晒着,赶紧去收……"

"要下大雨了……"

"你舅舅在门口站着呢!"

"该来看我的都来看了……"

母亲的疼痛暂时得到控制或昏睡醒来后,总是说些稀奇古怪的事情。开始以为母亲在说梦话、说胡话,但慢慢的,发现母亲其实已经活在自己的记忆和幻觉里了。

"刚才进来的是谁?"我问母亲。

"是学平。"母亲清楚地说出我哥的名字。

"出去的是哪个?"隔一会儿,又问她。

"是学军。""是香兰。"母亲笑着说出我弟和我妹的名字。

"我呢,我是谁?"我问母亲。"你是学武啊,北京那么远回来陪我好多天了。"看不出母亲有糊涂的迹象。母亲说着守护在身边的我们的名字,一次都没说错。

到现在我也没想明白,已经在幻觉里的母亲看见四个孩子,为什么能不说错一个名字,是我们走进了母亲的幻觉里吗?还是母亲短暂的清醒与幻觉交杂在一起?母亲看见的世界,应是她心里的世界,老人虽然眼睛大大的看着我们,但一定是母亲生命里的此刻彼时。

留在记忆里的,更多是寻常日子母亲看见我们时的幸福。有一次回老家,我先到妹妹打工的小店。妹妹说,母亲就在县城的街上。我看见母亲在马路对面,走走停停跟同村一个乡亲说话。

"你在哪儿?"我故意打了电话。

"碰到一个村里的,在谈天。"母亲回答。

"那你在马路边上站着谈天干吗?不找个地方坐着说说话?"

"你咋知道?"母亲问。

"香兰电话里告诉我的。"我打着电话看着母亲走路。

"不可能,香兰不会有时间看见我在街上走路。"母亲说我蒙她。

"你走过来问问香兰，是不是她刚打电话告诉我的。过马路小心啊。"我逗母亲。挂了电话，看着母亲过马路。

还没有走到妹妹打工的店门口，母亲已看见我站在路边等她。"我说呢，香兰咋会告诉你我在跟别人聊天呢。"母亲的脸上很是开心。

没有看见母亲离世的那一瞬间。回忆里，太多的是母亲看见我们时的快乐。母亲内心的幸福，一定比见到我们时洋溢在脸上的多得多，如同母亲一生有太多的艰辛，我们看不见或未曾关注。

看，是用心、留心、有心，见，是注意到、留意到、在意到。看见的，是世界上坚强而向善的母亲；没看见的，是母亲内心的整个世界。

网友评论

cy 阳伞：

　　母亲年轻的时候，我们看见了，但是，我们没能记住；当我们有了记忆之后，母亲慢慢地在变老。

guoligyx：

　　王老师写的是母亲，其实人与人之间也是这样，你能看到的，是人的美好、善良、安宁，看不到的是五味杂陈、不为外人道的内心世界。

焦波和俺爹俺娘：

　　母亲是等着我回去才咽气的，她想再看我一眼，但未能把眼睛睁开就走了。这成了我和母亲共同的遗憾。我经常做梦梦到母亲，大都是母亲年轻时候的模样，很少或者几乎没有母亲病重的样子，也许天地相隔，母子心中都保存着一份美好！

jquan768：

　　王兄写下的不是文字，是老人一滴滴的汗水，幻化的点点泪珠。老人不曾走远，一直在不远处微笑，就如同，儿时一样。

雨杭时间：

　　看见的，看不见的，绵延不绝的血脉亲情都不曾少一点点。尽己所能，孝敬亲人。

20 想请全村看场电影

想请全村的乡亲看场电影,并非完全因为新年将至,更是珍藏内心多年的一个愿望。

上世纪七十年代,在老家务农时,看电影是乡亲们盼星星盼月亮般期待的文化生活。安川村所在的叶家公社有近二十个村子(当时叫大队),公社电影放映队只有一两名放映员,轮到每个村一年只有少得可怜的几次看电影的机会。更多的时候,听到别的村放电影,晚上收工后的我们,着急忙慌地从这个村赶到那个村去看电影。

在本村安川放电影,只能在村口一块兼做篮球场和晒场的空地上,支上架子拉起电影幕布。放电影那一天,生产队会稍稍比平时早收工。孩子们不吃晚饭就背着长条凳去占地方。最有利的位置是在空地中间,特别是放映机的旁边,因为可以清楚地看到放映员换胶片。占到了好位置的常有几分得意，没占到好地方的乡亲只好把凳子放在前面、后面或左右两侧，遇到人多时干脆到幕布背面去看。放电影的日子，不是过节胜似过节，有的家庭还会炒点葵花子悠闲地嗑着，等着电影的开演。占了好位置的乡亲，常会热忱地请别的村赶来的亲友坐到中间，那种礼遇的优越感会让你快乐好几天。

　　记忆最深的，是地里干活收工后赶到别的村去看电影。我们胡乱拨拉几口晚饭，三五成群，互相照应着，常是半跑着往别的村赶去，生怕电影开始了。那时村与村之间，几乎都是从田边或小溪边通过的一米宽左右的青石板路，看完电影回家时漆黑一片。有的乡亲会背着小捆干葵花杆，点燃后举着火把往家走，但经常半路上便着没了。而家庭条件好，拿着手电筒的小伙子，走在回家路上，很有些被后面一群人追随的神气。那时，我想，将来有一天，等有了钱，一定买一个大大的可以装四节电池，能照到两里地之外的手电，让你们都跟在我的后面。

　　到别的村看电影，也有空跑的时候，有时刚看了一卷胶片等着换下一卷时，左等右等，一两个小时也来不了。现在也很难理解，那个时候的人们咋并不急，也不起哄。有一年夏天，在邻村边的溪滩上看《苦菜花》，等别的公社送胶片，硬是到了凌晨三四点也没结果，大家很是舍不得地离开，回家后直接就去地里拔豆子

113

了。那一刻,暗暗地对自己说,等有一天我做了放映员,或者有权管放电影,会让全村人连看一宿,看到你睁不开眼睛,让《侦察兵》《渡江侦察记》等电影一遍一遍地放个痛快。

这辈子并没有当放映员,也没机会管放电影,但请乡亲们看一场电影的愿望未能忘怀。村里现在有了礼堂,不用再在露天放电影,家家户户有电视,影视频道随时都能看电影,但数次回家,请全村看电影的愿望仍然纠结于心底。遗憾的是,不是因为春节回家几天大家都忙忙碌碌,怕请不到放映员,就是回老家的时间不对,多半年轻人平时都在外打工,并未如愿。

想请全村乡亲看一场电影,不仅仅是一个心愿。于我,感念的还有青石板路上的手电情结,它照亮了我一辈子的心路……

网友评论

hz 曾永乐：
　　每次放露天电影的那晚，我都跟着我姐姐带上小木凳霸占一个好位置观看！儿时日子的回味啊！

徐志刚的微博：
　　很美的博文，勾起多少农家子弟童年美好的回忆。王记者，加油！

孙小顺：
　　那份纯朴的感动和期待似乎就在昨天，小时候我也去看过这样的露天电影，最兴奋是电影放映前小孩子们的嬉戏，还有那些青年男女的两两私语和羞羞的牵手……

海南－李超：
　　我们这代人是在田土上长大的。晚间曾步行10余公里去赶一场其实看过多遍的露天电影，夜深归家，梦里仍是电影里某个场景的再现。无论身与心与情，皆激情澎湃不能自已，无它，性情使然！

wxdsgb：
　　请乡亲看场电影。情怀。真好。也让我想起了露天电影。我们这代人，每个人都经历过的。那时代，文化生活苍白、贫乏。成群结队，欢天喜地，走很远的路看露天电影，成为儿时艰难岁月中最深刻的记忆之一。

韦平伟：
　　老兄的乡情乡愿也让乡土中长大的我感动、感慨，回首岁月甚至展望未来，似乎都难以找寻到那种源自内心的渴望与期盼。游离于乡土和霓虹灯下的我们，享受着每个人自有的苦与乐。渴望与期盼不息，奋斗与坚持不止，这就是我们的乡土信仰！

21　机缘,是不经意间的心地交错

说曹操,曹操到。感恩节晚上,与浙大管理学院应飚教授等老乡小聚,无意间聊起大学同学高伟,第二天高兄就出差到北京。

工作原因,高伟或许是来北京次数最多的同学。高兄无论在北京行程多忙乎,总会邀约几个同学小聚。偌大的北京,聚会一次实在是件折腾人的事,去一个小时,回来一个小时,聚会两个小时,半天没了。但高兄来北京,只要电我,不论聚会地点多远,我都会赶过去看看他——川大四年,高兄对我多有关照,而且也是同学中唯一去过我老家千岛湖的哥们。

同学聚会没有高兄就不热闹。在新疆阿克苏长大的高伟,酒德、酒风均属上乘,酒量属于特别能战斗、特别能奉献的敢打敢拼型,其连续作战能力,会让酒量大于他的同学甘拜下风。酒至酣畅时,虽是汉族的高兄,会兴奋地用沙哑的嗓子联唱几首维族歌曲,你不听也得听——无法不被他的情绪所感染,无法打断他的热忱。"听着,我给你们唱几首歌。"那样的时刻,你会在内心为高兄的洒脱鼓掌。有一次在北京一家维族小酒楼,高兄唱起的维族民歌还赢得了维族兄弟的掌声。

高伟的博爱心怀,让他成为几乎所有同学的好友——大凡出差去成都的同学都会想到他。同学中,大事小事,只要你开口请高兄帮忙,他都会不惜力,尤其女同学有求于他,他更是不惜牺牲自己——付出时间和热忱。不记得是谁给高伟赠与了"高大腚"的昵称,但他从不拒绝,从不生气,用他自己的话说:"其实我的屁股一点也不大,只是上学时比一般人大点。"有趣的是,听男生故意连音叫"高大腚",女同学们也不知就里地跟着叫他"高腚",而高伟总是假装腼腆地笑笑。

大概三年级开始,我与高兄的饭票、菜票混在一起用。每个月的前半个月,两人菜票放在一起,显得很多,我们就放开了吃,后半个月呢,常会囊中羞涩。偶尔高兄会再跟家里要点生活费,但更多的是我们自力更生——勤工俭学当家教解决问题。那个时候家教大约两块五一小时,周末我们去上课一般就是几个小时,学生家长常会热忱地留我们吃饭——那段时间,我负责联系学生(现在叫生源或客户),高伟给人上课,最多的时候一周教三个学生。我也教过一个初二女生半年英语。学生家里条件很好,家长人也不错,孩子很聪明,就是不爱学。开始我还备课,上课时问学生听懂没,孩子总是不含糊地点点头,三分钟后再问她,却只跟你笑笑,实际上没有认真听你讲。一学期下来,孩子期末考试成绩倒是比请家教前涨了一倍——24分进步到了48分。家长像是宽慰自己,也像是宽慰我:"这不怪小王老师,如果娃儿基础再好点,进步会更大啊。"我难为情地笑笑,但从那回起,就把上课的任务移交给了高伟,我只负责联系"生源"——当然大多是认识的叔叔阿姨让我帮找一个老师。

现已在母校任职重要岗位的高兄,当年你很少看得到他认真读书的时候。上学时足球、乒乓球什么都玩,但考研时只花了几个月的时间,便顺利考上研究生,之后还读了博士。你不得不佩服他的记忆力、聪慧和随性,甚至是顽皮。记得一次期末考试复习期间,和高伟拿着书,在与学校一墙之隔的望江公园竹林里漫步时,遇到两位好像是高年级的女生坐在公园椅子上,一位秀丽白皙,一位丰盈阳光。我几次撺掇高兄上去认识一下,快走到女生面前时,又推了他一把。"上去吧!"高兄红着脸上去说:"同学,认识一下嘛。"没想到两位女生也觉得好玩,并没见外,彼此聊了一会儿,才知道秀丽女生在报社工作,并留了电话给我们。期末考试结束后,专门请高伟和我吃了顿饭并看了电影,之后再也没见过。巧合的是，数年后，高伟竟然在另一同学的婚礼上见到了秀丽女生。这位邂逅于公园，又请他吃过饭看过电影的女生，居然是婚礼上的新娘。那一刻，彼此都觉得有趣。这世界实在太小，人生何处不相逢。

四年大学生活，高兄是唯一到我老家千岛湖威坪镇安川家里去过的同学。现在同学聚会，高伟常常提及在千岛湖的时光——在我家门口小溪抓螃蟹，在千岛湖畅游，吃大鱼头，还有为省下船票钱，我们主动帮船上服务员卖点心和水果糖，以及从威坪虹桥头坐船去安徽歙县的深渡码头，再从深渡坐长途车到黄山……二十多年前的情形历历在目。

经不起念叨，说不清楚的机缘，有时实则是不经意间的一种心地交错。又见高兄，还有人大邹教授正方兄等数位好友。昨晚相聚，甚是开心。新宇同学下午五点专程从唐山赶来，到北京已快晚上九点，但我们快乐地等着。为了一路风尘仆仆的情分，干杯，同学！干杯，朋友！为了下次再聚。

网友评论

广播人沈雷：

　　人生有很多值得回味、怀念的阶段，随着年龄的增长会觉得一切都是转瞬即逝，所以珍重就尤显重要。

杨立范：

　　见与不见只要心在。也非常怀念大学的时光，40楼125室——梦飞的起始地，一塔湖图见证着我们的成长。

吴曼Maureen：

　　我们身边有很多的缘，唯有交道交情让缘更值得珍惜，让缘来得更长久……谢谢王老师的至情至真的文字让我体味惜缘。

22 读报时间到了

每次听到电视或电台的报摘节目,总会自然想起三十年前于老家淳安中学读书时,班主任徐百德老师在晚自习开始前说的第一句话。

学校高二分文理,教地理的徐老师是我们文科高二(四)班的班主任。班里既有家境好的城里学生,也有不少跟我一样家境贫穷的农村孩子,但徐老师从来都是一视同仁。每个学生的情况都会详细记在他的工作日志里,独独要求的是不管你来自农村还是城里,都必须整洁干净,同时要无条件守纪律。

徐老师是忠实于教学大纲,尤其是尊崇课本的老师。书上的每道题,他都不会让学生放过,绝对属于注重基础知识的不苟言笑的老师。因为我们都住校,晚上集中自习。每天晚自习之前,徐老师的第一件事便是抽出二十分钟时间读报纸时政要闻。

那时的媒体业没有现在发达，老师常选的是《人民日报》《中国青年报》，还有《浙江日报》等。每天晚自习铃声响过后，全班同学端坐教室，听到的第一句话便是徐老师洪亮的声音——"读报时间到了"，铿锵有力，让你下意识地就把注意力聚焦到他的脸上，然后老师告诉我们当天的读报内容，有时会解释为什么读那篇报道。大多时候是老师自己读报，偶尔让学生代念。

"读报时间到了"，好想再当面聆听一次老师干脆而有力的声音，可这已经成了永远的回忆。去年回老家，得知徐老师因病于2007年12月辞世，唯有一声"读报时间到了"，遥远又恍如昨日，清晰而更洪亮地回响在我的记忆里。

网友评论

自然卷想环游世界：
　　淳中三年，铭记一生。虽然校纪严厉，老师严谨，偶有牢骚，但是感谢这艰苦的三年留给我无穷的回味。

南行大叔：
　　是啊，我也经常想起我的班主任金老师。他对我说，你再多考3分就进前15名了……就是他这样的鼓励，让我一步步在学习上跻身优秀学生之列。老师未必需要学富五车，爱学生足矣！

庄华轩：
　　感恩时节，总是想起人生中遇到的一些人、一些事，唏嘘不已！拜读大作，兄台对父母、老师的真情流淌，跃然于上，至为感动！在浮躁繁动之社会环境下，保护好人性中之至真、至善，乃至美之事。

23 乡情，是一杯醉不够的陈酿

腌菜管①下饭，久违的亲切。每次回老家，面对乡亲、同学、朋友，无论你平时再怎么不喝酒，有再多的缘由，彼此叫一声名字，重逢的握手，轻轻的碰杯，乡情就着熟悉到心底的家乡菜的味道，你也会举杯表示回故乡的心意，一声彼此的问候，再一次道别的互致珍重。

在意乡情，不只是在外的游子。中午吃饭，村里一位退休老师讲，我母亲听到他的儿媳椎间盘突出做手术的消息后，马上让我妹到医院去看望。第二天，母亲专门从村里赶到县城来看她。母亲记着生病住院时，老师夫妇数次到医院看过自己。

回老家，总有一种乡情深拥的感动，幸福的热泪如故乡的小溪常在心间流淌。只要不是特殊原因，同学和朋友无论如何都会赶来见上一面，哪怕只是喝杯茶，握一下手。记得上上一次回来时，我和家

---

①菜管：菜杆切成细条经腌制而成的一种千岛湖风味土菜。

人已在吃饭,但一位同学从外地出差回来刚到萧山机场,马不停蹄赶到我们聚会的地方,重感冒的同学只喝了一杯茶。

乡情于我,不仅仅是一种情分,在我的生命里更具特别的意义。2003年母亲腰椎间盘突出很厉害,需要手术,愣是一位好友安排车去把母亲接到医院,并帮着联系医生,另一位初中同学背着我母亲上上下下做检查。母亲住院那些日子,一位在县城忙乎小生意的村里邻居,每天送饭到医院。乡情温暖了术后躺在床上好几个月的母亲。母亲恢复得很好,半年后慢慢生活自理,后来还能自己种菜。

乡情,是一杯醉不够的陈酿,亦如故乡的小溪,甘醇在心,温暖在我的记忆里。

网友评论

王子格言:
最喜欢这句话:乡情,是一杯醉不够的陈酿,亦如故乡的小溪,甘醇在心,温暖在我的记忆里。

@李明瑜:
龙应台的母亲是淳安人,《大江大海一九四九》这本书大段文字描述淳安旧城淹没前的面貌以及对高峡出平湖的批评。

dahu506:
不错,新安江水库建成以后是淹没了淳安、遂安两个县城。但是没有高峡出平湖恐怕到现在这两个县还是处于贫困状态,下游的建德、桐庐、富阳、杭州依旧在洪水的威胁之中。龙应台的批评也就是少爷小姐的呻吟罢了。

24 虹桥头，生命的驿站

昨夜，梦里，又到虹桥头。湛蓝的湖面，由远而近飘来长长的笛鸣，招呼翘首以待挑着扛着大包小包的旅客——船马上靠岸了……

虹桥头，数十年里，曾是我的老家淳安威坪人坐船到县城（现在的千岛湖镇）的必经码头，也是从县城到安徽歙县的客船停靠站。从我家安川村到虹桥头，约三十里地。当时公社所在地在邻村，每天早早地有一趟需盘山去杭州的长途车，会在虹桥头停一站，但绝大多数村里人舍不得花三毛钱坐车到虹桥头。条件好的，骑一小时自行车到码头，然后扛着自行车上船。更多务农的村里人，要清晨四点来钟从家里走三个小时到码头。记得那时每天三班船，虹桥头坐船到县城需要三个小时，船票七毛五，沿岸停靠五六个小码头。我在县城读书的三年里，每学期开学母亲总是帮我挑着二十斤米和炒得干干的一次要保证能吃一个多月的腌菜和辣酱,从村里走到码头等船。因为船少人多,尤其赶上春节时常常是人山人海。农村人到县城搞副业(做民工),小孩到县城读高中,都挑着梅干菜大米等上船。顺利上船的日子很少,有的旅客不小心东西会掉到湖里,记得还有人掉下去过。我因为个子小,常常裹在人流里被挤上船,满头大汗。母亲看我上船后,才放心往家赶。那时,很羡慕认识船上售票员或服务员的旅客。

现在的虹桥头,已没有了成百上千人挤船的景象,每天只有一班到安徽的船停靠一次,码头的功能其实也是徒有其名,代之而起的是从县城到乡村的环湖公路和数不清的中巴、小客车和农用车。每隔二十分钟,虹桥头就有到县城的中巴。交通的便利,已经非二十年前所能比。虹桥头,已经成为乡镇合并后的大镇——威坪镇的中心。

记不清曾经多少次在虹桥头中转。从到县城读高中，远赴成都上学，再到北京工作，虹桥头都是每次必经的驿站。从母亲徒步三个小时挑着东西相送，到我上大学回家过暑假寒假，以及工作后回去过年，兄弟们骑自行车到码头相接，无论刮风下雨，只要在虹桥头等船，总是满心希望地期待长鸣船笛的客轮靠岸。挤船的紧张和刺激，上船后的得意和快乐，彼情彼景，深刻在我的记忆里。

虹桥头，曾承载并放飞一代代威坪人梦想的码头——不论我此生途经了多少驿站，那由远而近又由近及远的动听的船鸣，时时清晰地回响在我的梦里。

虹桥头——送我远游，又常带我梦回故里的驿站。

网友评论

欣欣爱吃肉：
　　以前觉得虹桥头到排岭好远的，坐直达船都要两个半小时呢，最喜欢坐在最上层而且是靠窗的位置，因为有个小桌子，可以打牌消磨时间，最喜欢吃船上三块钱一碗的肉丝面，每次汤都能喝个精光。现在交通便利，自己开车50分钟就可以从镇上到县里了。最后一次坐船去排岭，是大一春节后去宁波上学，特地和几个朋友回味坐船的滋味，从安徽来的船，将近三个小时，一路欣赏千岛湖的美景，感觉时间过得飞快。现在很是怀恋啊！

xian：
　　一篇散文，一生的财富！虹桥头，承载了生命和记忆～

双羊：
　　生在江南，长在江南，那船、那水总是一份牵挂，它让你保持回忆和想象。

孙小顺：
　　那时，虽然物质匮乏，出行不便，但一切都是那么纯净和厚实。每每回忆都会心生温暖和亲切。现在，我们每天会经历不同的新鲜事物，但值得我们回忆的、能回忆起来的不多。看到你的文字心中会有画面……

742767065：
　　那时候的青涩，那时候的船，依旧在心底里珍藏着，永不褪色。

新浪网友：
　　人生中，一季一季的风景串联，成就了我们人生的长卷。岁月会在青春的容颜上留下痕迹，记忆的花园里也会留下斑驳的树影。那些走过的风景，成为我们永远的积淀和财富。淡淡的、朴实的文字里，更多流露的是对故乡的那份独有的深情。

yangjiping：
　　故乡永远像一樽明月，挂在天宫，思念就是最好的寄托。每当你回忆起家乡的一切，如皎月升空，无限美好！这是你人生最幸福的时刻了吧，拥有故乡的虹桥，是多么的快意人生啊！

25 离不了的辣酱

很多人以为江浙人不怎么吃辣的，而在我老家千岛湖小山村，曾经的很多很多年里，几乎人人吃辣椒，家家腌辣酱。

喜欢吃辣椒，不少人认为是地域关系，如四川、重庆、贵州、湖南、湖北等地，因为气候潮湿。我的老家山村，离不开辣椒，喜欢腌辣酱，除了潮湿的原因，更重要的是因为曾经的贫穷——农民要上山干活，辣椒最下饭。上世纪七八十年代，农村人外出搞副业，带一罐炒得干干的辣酱或者用毛竹筒盛的辣酱炒的梅干菜，能吃一个多月。

辣酱，过去有青辣椒酱和红辣椒酱两种。红辣椒腌的不仅好看，还能保质时间长些。腌辣酱，除了辣椒，还要有大蒜、生姜和食盐，条件好些的还会放点白酒，但更重要的还需上好的黄豆煮熟卤成酱豆。农村土地分到户前，条件差的家庭，不太可能用好黄豆卤酱豆，自然味道也就差些。而谁家的辣酱腌得好看不好看，味道好不好，不仅体现家境，也是衡量女人操持家务能力和会不会过日子的重要标准——因为炒菜特别是炖菜时，放进腌得漂亮的辣酱，别提多香了。

对辣酱的念念不忘，以致于在北京生活这么多年，依然让夫人学会了腌辣酱，是因为曾经的在老家县城上学的三年时光。在县城读书，一般半年才能回家一次，辣酱几乎是我主菜里的要素，有时甚至是主菜本身。每学期开学前，母亲会用辣酱炒萝卜干或豆腐干，说是炒菜，其实是放进一点点油，把辣酱和豆腐干、萝卜干熬得干干的，为的是让我能吃更多的日子。记得菜炒好后，母亲总是使劲往竹筒里装了又装，按得结结实实。可即便这样，常常一个多月后就吃没了，只好捎信给家里，让母亲再炒些菜托人带到学校。难忘当我的菜告急时，老去同学梦建那里蹭吃辣酱。梦建的辣酱里有腊肉，现在想起来都香。在北京生活了二十多年，我们家一直未改肉丁炸辣酱的习惯。每次炸辣酱，都让人沉浸在满屋飘着的辣酱香味里。

每年母亲都会寄来酱豆，红辣椒下来时，北京的家里总要买上二三十斤，还有生姜，大蒜等。夫人剁辣椒和大蒜时，常是眼泪长流——因为辣椒和大蒜的强刺激。闻到熬辣酱，高中时光就会历历在日。我的辣酱情结,总是不自觉带着对梦建兄的感念。

辣酱于我,是一生的热力源,不仅相伴难忘的年代;肉熬的辣酱,更回肠荡气在四季的生活里。

离不了辣酱,它红火着每个平淡的日子。

网友评论

胡建华 Jason:
　　王记者,我也是千岛湖的。哈哈!我最喜欢吃妈妈熬的辣肉酱和鱼干酱。现在在外工作,每次回家必然带一罐来下饭吃!哈哈~~顶你下!

无锡电线:
　　我也喜欢吃辣酱,但不会做,更写不出博主这么美的文字!欣赏了~

297893833:
　　现在我们全家人在杭州,餐桌从来没离开过辣酱啊,这次奶奶来杭州玩,带来好多辣酱,还有菜管啊,哈哈,味道好极了。

26 早起,是挑水的时间

三十多年前,在我的老家千岛湖小山村,早起后第一件事,家家都要到村头的小溪挑水,一般是三担水,把水缸水桶盛得满满的,够一天用。因为清晨小溪的水干净,大人如果有事,小孩挑不动就抬水。现在已没有了挑水的麻烦,每家都用上了自来水——从半山腰引下的山泉。

早起,于我,这么多年不只是习惯,更是一种生活。读小学和中学时,早起为了早自习。后来在县城读高中更是如此,军校一般的严格管理,晨跑,晨读,风雨无阻。暑假寒假,尤其是初中毕业后曾经的一段务农生活,早起更是一种生存方式。清晨四五点钟,七八个同年伙伴一起走很远的山路去砍柴。柴砍回来已是九点来钟,伙伴们围着一副扑克牌玩到中午。吃完饭,下午又去劳动。那时的早起,常常是在月光里行走，路经邻村时，老是被村里的狗吠得有几分紧张，好在我们都带着柴刀、挑柴的柴冲和搭柱①等工具，狗奈何不了我们。有时早起，则是去割草，当时生产队规定每家轮流割草喂牛。几年前，问从小在城里长大的同事，农村为啥要早起割草，同事不知就里。其实就是因为早起有露水，带露水的草显得嫩些，牛爱吃，而且割的时候不那么干巴，好抓好握，省事省时还出分量。

这么多年，诸多生活习惯已变修成了"城里人"，但唯独早起的习惯，未能改变。祖母说过，早起的鸟儿有食吃。母亲告诉我，早起能够让人活得踏实，早起是农村人勤快的表现。而我自己，却始终认为，这世界上，有一样东西最公平——时间。一天24小时，一小时60分钟，一分钟60秒，时间对谁都一视同仁。

早起，是每天生命里欢快的歌。早起，让我们做时间的富人。

---

① 柴冲：小树杆制成的两头尖的挑柴工具。
  搭柱：一头扁平，挑柴时可支着柴冲歇肩的工具。

网友评论

岛石：
　　美好的记忆。我小时候也挑过水，有趣的是井在河的中央，每次从水中出来，肩上的担子立马觉得重了许多。

力挽狂澜：
　　一日之计在于晨，晚起的人，感受不到清晨的美好。向王老师学习，坚持早起，做时间的富人。

包月阳：
　　诗意的山村早晨，渐行渐远……

南方台陈星：
　　每个人都有自己小时候的起床故事吧？我从小就难早起，一向奉行"早起的虫子被鸟吃"的原则，嘿嘿。冬天我爸会将洗了冷水冻冰冰的手伸进被子抓我的脚来刺激我起床，现在想起来都一身鸡皮疙瘩，哈哈。

shenjun747：
　　一分耕耘，才有一分收获。读兄长的这些美文，让我也忆起了童年的往事。我的童年没有兄长那么艰辛，我的儿时记忆里都是些趣事，跳进水塘啦，吊在狗脖子上满村跑啦，就连冬天在雪地里拖着箩筐挖萝卜对我来说也是乐趣无穷，虽然手冻得都快僵硬了。

27 小学老师

很多年前,在村里读小学,那时并没有教师节。三年级时,教我们的王让清老师是民办教师,虽然属老师,却跟农民一样拿工分,但老师上课并不因为民办身份而怠慢。当时两个年级在同一间教室,老师给这个年级讲完课布置做作业,再给另一个年级讲。很奇怪,那会儿并没有互相干扰的感觉。

当两个年级都做作业时,老师总会习惯地拿出旱烟,手指捻出点碎烟丝,熟练地装在小蛇脑袋似的烟袋锅里,火柴点了,猛吸几口,像是憋坏了。老师对我好像既喜欢又不喜欢。喜欢的是学习认真——我的爷爷奶奶和父亲母亲都不识字,名字也不会写,所以我从小极珍惜读书识字的机会。除了背语文书上的课文外,老师常交给我背一些语录文章的任务,虽然不懂所背内容的含义。更有些自豪的是，三年级时，我便能够帮外婆和伯父给当兵在外的孩子写信。老师不喜欢我的地方是，因家境贫穷常常交不起学费书费，总拖了班里的后腿。老师一次次奚落，我也只脸红耳热地不吭声。至今我也不会包新书皮——小学的每学期开学第一天，几乎没拿到过新书。有时即便在学期快结束时交了书费或学费，也是母亲把自己家或借来的鸡蛋卖给村里的代销店，换了钱才交的。大概也是因为这个原因，小学期间，我始终未能入"红小兵"——现在的少先队，也因此曾经很有点自卑。看着鲜艳的红领巾，总有种遗憾盘结在心底，我称之为红小兵情结。

　　让清老师后来考转了公办教师，因业务优秀，后来升任乡里中心小学教导主任。我上大学和工作后，每年回家都会去看老师，说说笑笑，说我们小时候很多淘气的事，唯独有件事我总是欲言又止。大概是四年级或五年级的某一天，让清老师讲完课布置学生做作业，自己则习惯地拿出旱烟在课堂上猛抽。我突然拿出用毛笔写好的大字报——其实并不明白"大字报"三字是啥含义，而主要内容是批判老师上课抽烟。不知道是哪儿来的勇气，当我站起来大声念出"大字报"三个字时，那一刻老师诧然。之后，班里其他人也贴了大字报，有的贴老师罚站，有的批判其他年级的老师用教鞭惩罚学生。我一直想跟让清老师说声对不起，告诉老师我曾经的年少无知，但每次回老家相聚时，总是不愿意破坏了那种说说笑笑的气氛。

十多年前，当我再一次回老家过年时，忽然听到让清老师不幸患病辞世，而我再也没机会向老师表达我的歉意，请求老师的原谅。

怀念让清老师，不只是在教师节。

网友评论

slwwls：

我当年的小学老师也是民办教师，虽是农民，但写大字和打算盘的水平在远近的乡里都是一流的。在我记忆里最深刻的，是老师放学后背着篓子去地里掰棒子（玉米）的身影。这些民办教师是当时生活在最底层的优秀人才。向老师致敬！

刘正：

我的小学老师虽然大都是年轻漂亮的"女孩"，但基本都要放学后去农田干活，大部分只有初中学历，想来可能只有十六七岁，而且几乎不可能转正。可能是我比较淘气的缘故，不论是在学校还是在别的地方，我见到老师都躲得远远的，记得老师在课堂上还说起过某位同学躲着她，多年后当我再想见这位老师的时候，不知道她嫁到了哪里，也不知道她现在生活得怎么样。

杨学会：

有感于民办教师，他们也教出了很多好学生，在教育一线默默耕耘，的确可敬！人有时候是需要一些反思的，对于过往总有不能释然的怀念。

28 每一天，都是生命里的唯一

每个人都是自己的传奇。每一天，都是生命里的唯一。每一年，是 365 个唯一的相连。珍惜每一个唯一，再平淡的日子也注入了生命的意义。

留不住时光，唯有前行，或平凡或经历生命里的未曾历经，都是人生的足迹。留住了简单，再平凡的人生也是传奇。亲情的传承和日子的继续里，更深切地体味感恩，幸福便细细微微、滴滴点点可触可及。酸甜也好，苦乐也罢，所有的历经，都是生命里值得珍惜的，即使经历人生的至痛，也让我们于前行的旅程中学会更加从容。

向往事挥手，走过 2012。平俗的生活片段，缩影亲疼 2012，感悟亲疼带来的对人生的珍惜。

网友评论

齐玄江：
　　学武兄的人生总有一条主线，令我想起以前写的一首诗：我们向前走去，脚陷在泥地里，拔出来，带起一阵尘土，迷幻的背影里，是泪水，是疼，是爱……

离落：
　　有爱的人必有前行的勇气——给《亲疼》的作者。

小小：
　　学武大哥，知道为啥读了你的《亲疼》我一直未敢发言吗？……（省略若干心事）圣诞节回家，与父母和好了。你的文字也触动我的情。
　　父母情缘，都是唯一，过一天少一天。
　　近千个日日夜夜的思念，心里终于化解那些陈年往事……

29 校友邵老

一本自己制作的毕业纪念册,珍藏了59年;两年前已届76岁,却清晰记得59年前从母校淳安中学毕业时,历史老师叶澄波和数学老师徐伟元"做到老、学到老""立定意志去为人民的事业而努力"的留言。当新闻界老前辈、人民日报社原社长邵华泽先生2009年10月31日在母校80周年校庆纪念会上,讲述母校生活里受到的自立、勤学和互助精神的熏陶对自己一生的影响时,全场师生、校友,为老人的深情所感动。

"我不会忘记,62年前那个炎热的夏天,我这个农村的孩子,肩挑被褥、菜筒和其他生活用品,步行80里,第一次跨进了淳安中学的大门。"当邵老代表1950届毕业生讲话时,偌大的操场上,万名师生、校友,静静地聆听这位老校友的情感流露。"在母校,我获得了许多最基础的知识,懂得了初步的做人的道理。淳安中学的三年,是我这一生中一个重要的起点。所以,我同许许多多淳中的校友一样,有一种深爱母校的发自内心的情感。"这些年来,邵老对母校的牵挂,激励着一届又一届的淳中学子。邵老先后捐赠了母校共计12600多册藏书、100多幅摄影作品,为进一步提升淳中作为浙江省一级重点中学的文化品位和教育品牌实力作出了重要贡献。

我第一次拜访前辈,是26年前刚到北京工作时。前辈时任总政宣传部长,工作繁忙,得知我也是淳中毕业,而且老家安川与前辈老家邵宅村只隔二三里地时,高兴地让我去家里做客。刚见前辈,开始我有些紧张,但听到前辈用威坪话问了安川的情况后,我渐渐地放松了许多。

由于来自威坪老家,又是媒体小辈,邵老亲切地称我为小老乡,对我多有关心和教导。1989年,我刚结婚,时任《人民日报》总编的邵老,专门托人捎来"凤凰鸣矣,琴瑟友之"的书法祝贺。更重要的是,这些年我曾有幸多次聆听前辈的教诲。

记得二十二年前,前辈送给我的理论著作——《历史转变中的思索》一书中说,做理论工作需要经常发表意见,他个人信奉两条:"第一条,公开发表意见要采取认真、慎重、负责的态度,至少是经过独立思考,自己想清楚了,认为是有道理的、正确的,才去写，去讲。这样，事后实践证明意见确有错误，自己也知道为什么会产生这种失误，便于反思，从中得到教训，有所长进。第二条，既然意见已经发表出去了，报刊上登了，反正白纸黑字，那就让人家去评论吧。对别人的意见，则实实在在地按照'有则改之，无则加勉'这八个字去做。"虽然当时我似懂非懂，时隔这么多年也依然是个普普通通的新闻记者，但随着年龄的增长，前辈的话对我有很大影响，让我终身受益，我也越来越理解前辈说的"实事求是是新闻工作者必备的品格"的深刻含义。

作为晚辈，作为校友，我曾几次听前辈对淳安人"肯吃苦、聪明、耿直"特质的概括，言语之间能感觉邵老对故土的眷恋。"我热爱故乡，怀念故乡。这里有温暖的家园，有秀丽的山水，有悠久的文明历史、世代传承的良好乡风和勤劳淳朴的民众。"今年9月22日，邵老在千岛湖艺术馆开馆暨邵华泽书法摄影作品展开幕式上的致辞，再次感动着家乡人民。现任全国记协名誉主席，北京大学新闻与传播学院院长、博士生导师的邵老将全部展品赠予淳安县政府时，说出了自己的心愿："只是为了表达一个远方游子对父老乡亲的深情，也想借此为淳安增加文化氛围、推进文化建设贡献一点绵薄之力。"

德高而望重，邵老在思想理论界和新闻界的影响，业界公认。

而我作为晚辈，作为淳中校友，作为威坪人，从邵老对母校、对故乡的深情里，读到了前辈深受人们尊敬的缘由。

适逢记者节，以此表达对校友邵华泽先生的崇敬。祝前辈幸福安康！

(2011年11月8日)

网友评论

孙小顺的微博：

看您写在记者节的博文，觉得"天行健，君子以自强不息；地势坤，君子以厚德载物"是邵老一生写照。

汉安某：

王老师这篇写在记者节的文章，有深意啊。

前辈的谆谆教诲，吾等后生实在应该谨记心头。

今年是我过的第一个记者节，但愿自己能够带着对新闻行业的热爱，坚持下去……再次祝所有的记者前辈节日快乐。

30 我爱家乡的千岛湖

博按："没有温馨，不会悟到风的力量；没有北国风的体验，也不会悟出南国水乡风光的幽雅"，这是二十五年前，刚到北京工作的第二年写下的一篇散文——《我爱家乡的千岛湖》中的一段文字。这么多年，不论调到哪儿工作，都始终没忘了带着这篇今天读来青涩，但透着那个年龄特有心性的小文。

记得那年写完这篇姑且称作散文的小文后，先是在当时工作的报纸刊发，又经朋友推荐，老家省电台一天夜里作了配乐朗诵，家乡的亲友听到后高兴得写信告诉了我。今天想起，对推荐此文的朋友，对老家省电台，依然心怀感激。转发原文，怀念那个时光，表达对故乡的思念。

我爱家乡的千岛湖

那山，那水，我爱，只为她的绿。

从小受不住绿衣裳的土气，却痴爱绿山、绿水，那时候我觉得绿是生命。

一直想在我的家乡——浙江淳安，碧绿的千岛湖上寻觅一个不见人烟，却又郁郁葱葱的小岛，带上帐篷，带上柴刀，带上火柴，还有野餐用的炊具、干粮之类，也别忘了带上钓鱼竿、录音机，在岛上过几天鲁滨逊的生活。等所有的船只返港后，我用柴刀砍一些枯枝、枯丫，生起一团火，支起帐篷，然后放一段恬静或动感的音乐，小提琴曲或交响曲，然后选一块软绵绵的草地盘腿而坐，在金色的夕阳里把钓鱼线抛向金色的湖面，然后让带诱饵的鱼钩慢慢地没入被夕阳抹得金黄金黄的鱼群中。平静的湖面，环

抱千岛湖的绿色的群山里，鸟儿唱着欢快的歌，细细地品味喧闹的快节奏的都市生活中无法体验的绿山、绿水的怡人，还有被夕照染成金色了的千岛湖水的绿光。第二天，朝霞又映红我的帐篷，然后抚摸我的脸。

我一直在做关于家乡千岛湖的梦，一直想在这个相当于一百零八个西湖、拥有一千零七十八个岛屿的湖中选一个小岛，每年去探寻它的奥秘；尽管我知道，这一千多个小岛原本是一千多个山峰，造新安江水库时被水淹没，却又舍不得这怡人的风光，挣扎着探出脑袋，形成的一千多颗绿色的珍珠。

每年都急切地这么想，每回南归探亲都不能如愿地这么做，是因为无法挑选如此众多同样美丽的小岛，还是惧于虽是平静却深达几十米到几百米的湖水把我吞掉，或是害怕揪人心魄的湖心的宁静？真想把自己的心思告诉朋友，又惧怕他们嘲笑我的浪漫。上海出现了"千岛湖热"，可那些来去匆匆的观光者也有体味山净、水静，那种山动、水动、动中隐静的欲望吗？或许，有朝一日，"千岛湖热"散发到想领略南国风光的每一个北国人的心里，那时候，我的浪漫或许是一种时髦了。

曾经受不住北国的粗犷风沙，可它却勾起我对千岛湖深沉的爱。我仿佛又闻到了千岛湖那熟悉的浓浓的鱼腥味，又见到叶叶小舟和往返于浙江、安徽之间的客轮。我爱千岛湖的绿，也爱北国的风的粗犷。没有温馨，不会悟到风的力量；没有北国风的体验，也不会悟出南国水乡风光的幽雅。不然，我对家乡的爱怎么萌发在遥远的北国？

我爱，家乡的千岛湖。

我愿，北国的同胞都去拥抱千岛湖，我苦苦思念着的绿。

(1987年，于北京)

网友评论

xinran 欣然：

　　去过千岛湖，不过是跟团旅游，走马观花，平平淡淡。读了这篇博文，忽然觉得千岛湖的好，得走进去细细品味。

西岭雪毛毛520：

　　每年都要去千岛湖游玩若干次，尽管每次逗留时间不长，那青山绿水的宁静好风光都让我赞叹且眷恋。

汉安某：

　　如果不是对家乡如此热爱，对家乡的水如此热爱，是定然写不出如此文章的。王老师的文章有情，我不是北国人，但看完这篇，的确是很想去拥抱千岛湖的绿。

31 家有四猫

猫仔是每天早晨四点半左右都会喵喵地叫唤，让人给开门的家里最小的猫。说最小，养了也快四年了。从菜市场附近把它捡回来时，刚生下来一两天的样子，冻得站都站不住，饿得直哆嗦。原以为它活不了，可在女儿和夫人的悉心呵护下，居然活了过来。

叫它猫仔，因为是一只小公猫，也就随意叫了好几年。家里来了只小猫，其他三只像看小怪物似地围在它旁边静静地观察。那神情，好像有些不解

和嫉妒,但碍于主人对捡回来的猫仔的特殊照顾,其他三只还不敢去欺负它。猫仔渐渐长大,家里最老的球球(养了十七八年)开始试探着趁人不在时,冷不丁扑过去抓它一下。球球是母猫,它和猫仔都是家猫品种。球球心里似乎并没有民族观念,但只要是新来的,一概都不欢迎。球球欺负猫仔大概欺负了一年多,但公猫就是公猫,不论球球怎么欺负,猫仔就是不躲、不叫。猫仔长大后,反过来挑衅球球,大有君子报仇两年不晚的做派。现在,猫仔经常追得有些老态龙钟的球球呼呼地满地跑,使你不得不呵斥猫仔别追了。可猫仔有时成心似地,非得把球球逼到一个角落或躲到桌椅底下。躲在桌椅底下的球球怒气冲冲,像是在说:"你太过分了,别过来啊,我都躲开不跟你斗了。"完全没有了当年欺负别人的风景。看着球球被猫仔追赶得可怜,让人心生同情,但三年河东三年河西,动物界也有自己的规则。很多时候,我们也只是对猫仔训斥两声,求得暂时的和平了事。

白色的球球不欢迎其他猫,不仅表现在小猫刚来时的欺负,更体现在小猫们长大后球球占地盘。球球隔段时间就会趁人不在或不注意它时,在床上某个角落尿泡尿,留下自己的气味。尤其你刚换了新床单,球球会以你来不及反应的速度留下自己的气味。有时看见它匆匆从房间里跑出来,就可以判断它准没干好事。到房间一看,果真如此。夫人常为此哭笑不得,我还揍过球球,但怎么惩罚也没用,球球就是不长记性,过不了多久照旧尿尿占领地。

比较独来独往的数妮妮(刚来时看它毛色像水泥,本意叫它泥泥,觉得不好听,就叫它妮妮)。妮妮属喜马拉雅品种,一般不爱黏人,有求于主人或高兴时才会用脑袋去拱你的手,让你抚摸它。有那么半年,下班回家,我刚坐下,妮妮便飞奔着跳到沙发上,再跳到沙发靠背上,然后从沙发靠背跳到你身边,三步跳

的动作之敏捷,让你不得不想,动物动作的灵敏和协调性,是人类远不能及的。妮妮的个性特殊,不仅在它不喜欢黏人,让人不解的是喜欢吃麻辣的东西。忘了是哪一天,家里做了麻辣虾,妮妮喵喵地叫唤,并跳到桌子上,等着你给它吃。从那以后,家里每次做麻辣虾麻辣鱼,总是刚端上桌子,妮妮已经在那儿等了。我们试过,做虾时光放辣椒,故意不放花椒,妮妮顶多用鼻子闻闻,并不吃。

温顺的当属黑黑。因为毛色黑,所以叫它黑黑。小黑不属家猫,跟妮妮有血缘关系,因此它们时常在一起嬉戏,还互相舔对方的身体。黑黑好像泌尿系统不
太好,偶尔会尿里带点血。带它去宠物医院看过,医生让吃点消炎药,可自从夫人拉开抽屉拿出药,稀里哗啦从包装里抠出药片第一次塞进黑黑嘴里让它吞下后,只要你再拉开抽屉,听到抠药的稀里哗啦声音,黑黑便会快速跑掉。你只能把药片放在手里,过一会儿黑黑不注意时,逮住它再放进它嘴里。

四只猫个性迥异,猫仔不喜欢喝放在地上的碗里的水,哪怕是刚刚给它放上的。它喜欢跳到水池上喝自来水管的水,我们称其为新鲜水。每次猫仔跳上水池,一声一声地叫着,像告诉你:"我要喝水了！要喝水了！"如果你不理它，它会一直不停地叫下去，把人叫烦了，只好给它拧开水龙头，把水放到最小，让它歪着脑袋喝。可恨的是，猫仔喝完了水从来就不打招呼，怎么训它也不管用。过年时，猫仔怕放鞭炮，妮妮则喜欢跳到阳台隔着玻璃看烟花。黑黑怕生人，球球则老奸巨猾，善于察言观色。家里来了客人，躲起来观察动静的球球，总是第一个出来探听虚实，讨好主人和客人。球球属于倚老卖老蔫坏的主儿，有一次主人和客人聊天时，球球在客人的名贵的小包上留下了气味。

猫大概是嫉妒心最强的动物，很少会有两只猫同时与你套近乎的情形。猫的要面子，也是少见的。好多次见到妮妮和猫仔想跳到洗手间的水池台上，不小心跳上去时没站稳，又摔了下来，这时它们都会装着若无其事的样子，自言自语着离开洗手间，好像什么事都未曾发生过。

家有四猫，不太喜欢小动物的我，有些别扭，特别是刚刚铺好的床铺被它们弄脏，或者睡觉时，会突然觉得哪儿有点异味，最后确定是猫又尿了后，心里会很烦，但每天晚上十点来钟，当我坐着看电视或在电脑前写东西，猫仔喵喵地叫你，似乎催你该休息时，你会觉得心里有一种感动。其实，我对一年四季都吃猫粮的小猫关心并不多，只是偶尔用手抚摸一下猫的脑袋，或者摸摸它的下巴，但或许这对小猫已经很是知足。

感恩之情，不只是人类相通，动物的感恩之心或许比人类更重，只是我们未必能读懂它们。不管你有多喜欢或不喜欢，学会感悟已在自己生活里的小动物，学会包容，学会与它们相处，客观上也历练着心性。尽可能读懂它们，会让我们的内心变得更平和、更柔软。

网友评论

孙小顺：
　　好玩，您家养了这么多只呀。猫狗跟人都亲近，花花草草猫猫狗狗的家才有生机。

艾素：
　　没有想到@王学武 竟然也是猫族家长，而且还猫丁兴旺，拥有4位猫哥猫姐。我家的老猫小姐阿咪已经和我共同生活20年了，看了你的博文，感觉很亲切。这才是有味道的生活。

plh-www：
　　写的真好！我家的猫咪白白今年九岁了，一岁多的时候是个流浪孩子，两岁多的时候我收养了他，现在他老了，身体状况大不如从前，不知猫咪最多能活多少年？

咖啡：
　　以前我家最多时有过九只猫，三只是捡的一窝被遗弃的小野猫，另六只是家里老狸花猫和它的五个孩子。九只猫在家天翻地覆地折腾，但是都非常可爱。如今早已不再养猫，看你家四只猫让我想起以前家里的猫儿们。我喜欢你家漂亮的猫仔。

sara 桂小十：
　　我家也有一只猫，叫妹妹！

32 拥享平凡不容易

每个人都希望自己过得不平凡。

房子变大,希望再大;买了好车,希望再好;工资涨了,祈愿再涨;事业大了,祈望再大;官阶高了,总想再高;职称升了,还想再升……这大概是很多人有过的欲念。但是,慢慢地,你发现,当你在追求不平凡的心路上越走越远时,最让你幸福、最让你回味的,还是吃上小时候自己最爱吃的如今普通得不能再普通的那种风味,是那一份你抠着自己攒了一块两块钱,悄悄跑到小店买根油条买碗豆浆泡着吃,或者买份炒面再就点黄酒的回肠荡气,或者饿极了街边小摊买个煎饼或者买个烤红薯那种沁入心扉的美好,渴极了买瓶冰水或喝着自己喝惯了的绿茶红茶的痛快,想喝酒了买碗散装啤酒喝的幸福,或者运动完回家冲个热水澡后的放松,干了体力活或者爬山回来随意躺在一个地方四脚朝天的惬意，那种纵使淡忘得太久，却依然驻留骨髓的因平凡而来的满足和快乐。

过不平凡的日子，是很多人的梦想。我们希望人生精彩而丰富，但这世上能真正拥有巨大财富、一帆风顺做大官的毕竟是少数。大多数人都是挣着一份打工的钱，或做着一份小职员的工作，或者做点小生意做个小公司的老板。平凡不仅是大多数人的生存状态，更是经过生活磨炼后的大多数普通人的心态。我有位叫学文的堂弟，初中都没毕业，年少时学了砖师傅（泥瓦匠），结婚时连一间像样的屋子也没有，愣是凭自己踏踏实实过日子、实实在在做手艺，条件稍好时盖了一层新房，隔了几年又加盖一层。前几年我回家过年，看到学文家已经盖成了三层小楼。他很少跟别人攀比，有多少钱做多少事，两口子没有为了曾经的日子的拮据而吵过架，相反，因心态的平和，对孩子也从不苛求。女儿只上了职业高中，邻居从没听他数落。他儿子小时候是个调皮鬼，但我们回家相聚时也没有听他大声责备过。那种"儿孙自有儿孙福"的观念，让学文享受到平凡日子里生活一天比一天温暖。学文喜欢喝酒，每天给人装修后，晚上都会喝上二两。前几年，一个他装修过的"东家"，将一套旧沙发送给了他，学文高高兴兴地运回了家。那年回家，看到学文家宽敞的新房里添了沙发，家里变得更温馨。

平凡，有时又是心态的回归。哥哥学平，比我大三岁，高中毕业后也是学了砖师傅，出徒时手艺就受人称道，但后来哥哥嫌工资低，不做砖师傅，做起了买卖，但跑生意并没有让哥哥发达。随着年龄增大，心趋踏实的哥哥七八年前重操旧业，日子转好，这几年砖师傅工资越来越高。今年清明，我从老家千岛湖回北京途中，顺道去桐庐分水看他。哥哥说，现在手艺好的工资能到260元至280元一天。因为手艺不错，他总是活儿忙不过来。擅长贴瓷砖的哥哥，很有几分因有手艺而来的得意和自尊。虽是租着房过日子，但你能感到他平凡生活里那份自我感觉的不平凡。

平凡，又是一份淡定。同学一成，曾有一份令人羡慕的职业，辞职后从事房地产，因对行业的深刻理解，更因向善的信守，一成做的项目都成了他良好的口碑，也因此积累了财富。但是，在别人眼里开着豪车的一成，出差时照样坐地铁，照样打的，照样去小饭馆吃家常菜。不仅如此，在老家街上，我曾几次看到他夫人和孩子在等公共汽车。这样的平凡，让我心生敬重。

平凡应是不焦虑，更是客观待己的生命常态。不论你多成功或多富有，如果保有一颗平凡的心，你会倍加幸福。也不论你曾有过怎样的挫败或不如意，如果不放弃平凡的心境，你就会体味生命更多的美好。即便你平凡如卖菜的小摊贩，每天一块两块地挣着辛苦钱；即使你是报摊卖报的小老板，每天几毛几毛地挣着钢镚和毛票，你依然享受平凡而来的幸福，因幸福而来的自尊。

拥享平凡不容易。因为，拥享平凡是一种踏实，是生活的积极和人生的一种态度。拥享平凡，你便拥有了不平凡的美好，让每一天都变得传奇，每一天因平实而尊严、因平凡而高贵。

网友评论

王才亮律师：
想淡定，不容易。

天津贾岩：
失败后的平凡是无奈，成功后的平凡是踏实。

一剑走偏锋：
读了学武兄《拥享平凡不容易》，感慨颇多，却难以言表。这年头，诱惑太多，许多人都认为自己不平凡而希望干出不平凡的事，到头来得到的却比失去的多。现在回过头来想，平凡让人平静，平凡使人反而有更多的幸福感，但多数人又不愿意平凡。拥享平凡真的不容易！

王龙：
平凡是一种心情，知足常乐。

雨杭时间：
成长中总会遗失一些原本简单的美好，而生活，会帮助我们将遗失的一点点捡拾，悟到了，便会多些幸福与踏实。平淡从容是大多数人渴望的状态，其背后有着各自的生活滋味。能珍惜、感恩，是福。

33 路

人生的记忆常常跟路有关。

时常在梦里走着的是年少时与同年伙伴们砍柴的路。夏日里,按照头天的相约,第二天早晨四点半在村头会合,六七个伙伴在皎洁的月光里行进。每个人腰里都系着磨得锃亮的柴刀,肩上扛着柴冲、搭柱(挑柴的工具),从安川村走到道仁村,从道仁村再走一段半山腰的山径,经过水库边很窄很窄的路到那个只有十多户人家的隶属道仁村的生产小队郑家村,再翻过山岭到叫米拉坞的山坞里砍柴。虽然路上时间长,但山坞里柴丛茂密,砍柴费的工夫少,所以我们都愿意去米拉坞砍柴。冬季,因为天亮得晚,我们会推迟一个小时出发,但走山路的速度不会减慢。伙伴们大多穿着麻布缝的草鞋袜(类似红军过雪山时的绑腿)走路,很有种上山不怕刺扎也不怕虫叮蛇咬的感觉。

到米拉坞那么远的山坳砍柴，往返要走两三个小时的路。小小年纪挑着一百来斤柴担从山上回来路过郑家村时，时常饿得走不动路。那个时候一个叫"遂安侬"的五保户奶奶（我奶奶的亲戚），经常烘好了苞芦粿（玉米饼）或在火炉里煨好了番薯等着我们。就着腌菜或者辣酱，吃两三个热乎乎的苞芦粿，直接喝几口山泉，或吃一个香喷喷的煨番薯，喝一碗山泉煮开后放凉的茶水，回肠荡气的我们又有力气挑着柴担往家走了。有时到道仁村附近山上砍柴，挑柴担路过外婆家时，外婆也会让我们去吃几个苞芦粿或煨番薯，而我似乎总有着"回家路上有亲戚"的优越。

路，于我，绵延于心的还有在县城读高中时每学期开学头一

天,母亲陪我从村里走到虹桥头码头赶船的情形。从安川到虹桥头近三十里地,母亲和我舍不得花三毛钱坐车。母亲总是帮我挑着米和炒得干干的腌菜、辣酱,而我则拿着分量轻的被子和衣服。母亲和我一前一后紧赶慢赶,生怕误了八点的第一班船。清晨四点半出发,从村里走到码头需要三个小时。从一个村穿过一个村,母亲带我尽量抄近道,几乎每次都要提前一个小时赶到。因为走得太早,在村子里走时,会冷不丁蹿出一只或好几只狗,狂吠不止,吓得我汗毛倒立。这个时候,母亲会叮嘱别怕,走得慢点,狗也就慢慢安静下来。记得当时的船票七毛五,母亲总是看我上船后,才放心地往家赶。

路在我记忆里的延长,是远涉千里去成都上大学。没见过火车、连杭州也没去过的我,第一次到火车站时很是紧张,不小心还把车票丢了。从杭州到成都,没有直达火车,必须到上海中转签票,而签票百分百只能签到站票,能签上当天的已经很是运气,有时还得在车站待一天甚至更长时间。拿着站票能及时挤上火车更是高兴万分。当时从上海到成都的直快列车需要48个小时,加上晚点常常要50多个小时。去成都上学,旅程是以天数来计算的。返校从来没有碰到过有座儿的时候,累了就摊几张报纸在座位下美美地睡一觉。运气好时,站了一天后会有人下车,熬到个座儿。即便如此,每到放假,还是愿意回家。

路在心里变得越发亲切，是毕业到北京工作后。回家一年比一年顺利，应该感激这些年交通的改善。每天多个航班、好几趟火车，直达杭州。从杭州到老家淳安，也由以前六七个小时的盘山路变成了现在的高速路。回家的路径不再翻山越岭，归程变得过去难以想象地便捷。我常在不告诉父亲母亲的情形下突然出现在家门口，大声地用老家话叫一声父亲母亲。母亲有些不相信似的说，那么远怎么就突然飞回家了，脸上却掩饰不住的高兴。

　　路，于我，曾经简单成了"盘缠"。难忘母亲帮我借路费到县城读书、到四川上学的日子。路，于我，还有太多亲情友情的感念。还记得有一年过年回家，我哥和几位堂兄骑着自行车到虹桥头码头去接我们。那一天大年二十九，下着大雪，我们一溜四辆自行车，六七个人在雪花里赶着回家过年。

路,于父亲母亲,是对孩子的希望。父亲年轻时,总是愿意到县城搞副业做石磅、筑路或给人填屋基挣钱。做磅和筑路,是作为磅师傅的父亲一生的自豪。高中毕业后能成为好手艺的瓦工,像他一样因为筑路、做磅而受到别人的尊重,是他对我哥哥学平的期望。老人直到去世前,都为自己做过很多石磅和石板路而骄傲。而母亲,吃多少苦都不改自己的心路,再难再累也希望孩子能读书能考上大学,希望孩子能有工作能拿工资而改善家里的条件。母亲生命的最后一段日子里,我们能感受老人辛苦一生但看到孩子们日子过得踏实的欣慰,虽然母亲的词库里并没有"心路"这样的词汇。

孩子远行的路,意味着出远门,于父亲母亲,是梦想的承载。再苦了自己也要供孩子读书、供孩子学手艺,是父辈的心路。承载父辈梦想的路,于我,是远行的时光里不忘自己从何处来,是前行岁月里的亲情感念,是对父辈一生信守向善的铭记。

从生活的意义上说,有怎样的梦想,就可能选择怎样的路。从内心出发又回归内心,是每个人的心路。

网友评论

kanjuan2011：
　　浓酽的乡情滋养了怀揣梦想上路的你。

杨康令：
　　我一直都记得来时的路，那一段路有太多的眷恋与不舍，在浮躁的当下也只有回忆来时的路才能给我安慰……

郭洪钧：
　　学武的感慨何尝不是人之常情！万里边城远，千山行路难。举头惟见月，何处是长安。

协和抒扬：
　　回头想曾走过的路，都会有很多感慨，都会有很多值得向子孙后代讲述的故事，当然也一定有不少的遗憾。路，是人走出来的。有怎样的梦想，就决定了走什么样的路。心有多高，路就有多远，天就有多大。

wxdsgb：
　　每每读着学武的文字，脑海就出现一幅幅生动的画面。亲情永远是主线。细腻的笔触，伸向的是情感的最深处。激起的，是读者内心深处最柔软的情怀。
　　《路》即是这样的美文。
　　一路走来，相伴永远。

34 打不通天堂的手机

一直忘不了母亲的手机号,即使没存在手机里,也很难从记忆中淡忘。母亲一生苦着自己过日子,但手机却是生前两年多里每天放在兜里的物件,哪怕去菜地干活,也会把手机带在身上,生怕接不着我们的电话。

给不识字的母亲买手机,是因为父亲的离世。2010年6月18日,父亲节的前一天,妹妹沙哑着嗓子从老家打电话来说父亲病危。我心急火燎地往机场赶,候机时怎么也没想到让弟弟妹妹把手机放在父亲耳边,叫一声"叔(老家话'父亲'的一种叫法)"。最终未能见父亲最后一面,未能跟父亲说最后一句话。父亲辞世一周后,不管母亲是否同意——坚决给从未用过手机的母亲买了方便接听的老年手机,希望随时能找到母亲。

母亲用手机虽只会接听,不会往外打,但村里的老人们都很羡慕。给父母每天打两个电话,是我十多年来的习惯,接电话成了父母生活里自然的事。节俭一辈子的父母同意家里装电话,在村里算是比较早的。要面子的父亲偶尔会因为母亲接电话多而不高兴,喝了酒后也争着去接。酒后的父亲会大声叫着孩子的名字,有时也难得地从嘴里说出对我们的关心。父亲去世,母亲有手机后,兄妹和我给母亲打的电话比以前更多,以致于母亲在病重住院的日子里,昏睡醒来迷糊中还问:"咋这么多日子没有我电话呢?"

父亲与母亲性格完全不同。父亲善良、倔强而爱面子,母亲真诚、坚强而明事理。父亲不喜欢在电话里表现内心的高兴,但时常跟邻里说哪个孩子又打电话说啥了,而母亲则会在电话里说出自己的高兴和不高兴。节俭是父母共同的特质,他们都怕我打电话多太费钱,劝我少打,但能感觉出他们接电话的开心。

一直不能原谅自己的是,父亲去世前的几个月,我曾责备了他一番。喜欢喝酒的父亲在生命的最后几个月有些酗酒,喝完酒后多次找茬跟母亲吵架,烦躁时还把母亲做的饭倒掉,母亲被折腾得生病。听母亲说了后我有些不高兴,打电话说了父亲,责怪他是不是忘了以前的苦日子,并假装生气地两三个月不跟他说话,其实内心依旧每天都通过母亲和妹妹关心他是否起床,吃什么饭了,今天身体怎么样了,嘱咐他们要更关心父亲。母亲不在家时,我还专门拜托邻居去看父亲身体怎样。父亲多年身体不好,我们内心一直很牵挂父亲的头疼脑热,但并未理解父亲最后那段日子里的"滋事"是控制不了自己,而我们反而责怪他,这是我此生的后悔。当我赶回家看到静躺着再也听不到我的呼唤的父亲时,悲伤里只说出了三个字——"对不起!"内心很想很想告诉父亲,我不该假装生气地起哄说他,可父亲再也听不到我的愧疚。

只会按接听和挂断两个键的母亲,善于表达内心的幸福,会在电话里告诉我去买了一块豆腐、一斤肉、几根香蕉。上了岁数学会骑三轮的母亲有时会告诉我今天买了米，还有牛奶，今天没骑车，是谁谁带她去买的东西。更多的时候，为锻炼因椎间盘突出有些萎缩的左腿，母亲会走着到邻村的仙山街去买东西。重病前，母亲还去我表弟办的小厂里上班，但无论在做什么，手机都放在兜里。

母亲一辈子热爱生活，是愿意表达幸福感的老人。母亲不识字，不会说普通话，还晕车，在北京小住的那段日子，实在是太拘束。无论在小区还是家里，老家的方言只有我们母子能听懂，母亲要跟家人交流需要我当三向翻译，不仅母亲跟儿媳妇和孙女之间的交流需要双向翻译，母亲跟我说的话，我也得翻译给她们。为减轻母亲的孤独和生活的不适应，每天早晨六点半到上班前，我都到母亲房间跟她说话，晚上睡觉前再跟老人聊天。周末，我常陪母亲到紫竹院走走。问母亲想不想去天安门，晕车的母亲说："想去！"那天，我们坐了最早一班地铁到了天安门广场。瞻仰了毛主席遗容的母亲自言自语说，没有毛主席，不会有今天的好日子。母亲眼里闪着泪花。那一天，我给老家的妹妹拨通手机，母亲与她聊了去天安门的心情。而当我第一次也是此生唯一一次带母亲去理发店理发后，我给老家的邻里拨通了电话。一辈子没有去过理发店的母亲,电话里描绘着在理发店一个叫阿康的小老板师傅给她理发的感觉。

电话,于我,是亲情的承载;于我的父母,是对孩子的牵念。手机,如亲情的图腾,时常感念在我的生命里。每天早晨给母亲打电话的习惯,沉淀成了生命里的一组号码。母亲葬礼那天,我们把老人生前喜欢的手机和老花眼镜等一同放进墓里,让母亲带到天堂。

"159……9908",清明将至,梦到母亲后醒来的早晨,情不自禁拨出了母亲的手机号,天堂里传来"你好,你所拨打的电话已关机"的声音。木木地,我意识到,所谓孝道和孝顺,只是父母活着时的一段亲缘,并无前世,也无下辈子。因血脉而来的亲疼,只是今生的机缘。那个熟悉到忘不掉的号码提示你,感念,不是感伤。清明,为逝去的亲人扫墓,只是清新你的灵魂,让我们的心灵更柔软,前行更有力量,而那个号码,不必再打。

网友评论

青山小百合：
　　潸然泪下，字字都透着对母爱的感恩和对母亲深深的思念……让我倍加珍惜自己还健在的父母……

新浪网友：
　　看完，我眼眶湿润了；接着立马给父母打了电话，尽管昨天才刚问候过。

大爱无疆大雪无痕：
　　亲情味十足。看完文章，感觉很亲切。称父亲为"叔"也是我们老家的一种叫法，我们那里还有叫"大""大爷"的，叫"爹"或"爸爸"的反而比较少。现在年轻的一般都清一色地叫"爸爸"了。一个古老的传统或习俗正在逐渐消失。我的老家，在山东聊城。

齐玄江：
　　看了沉默半天，思绪回到了老家。我家老屋的后面有个菜园，冬天种萝卜、油菜，夏天种茄子、辣椒与豆角。村口有一眼鱼塘，父亲每天都喜欢到菜园、鱼塘轮着来回走。以前打电话给他，他总是说，"我在菜园里……"这两年母亲生病，他得陪她，很少听到那样的回答了，他总在母亲身边……唉！

斐斐：
　　谢谢你一直留着母亲的手机号码。从未想过注销也从未想过将其用于自己或者他人，保留了内心的一份信仰。那个号码只属于母亲，也只属于自己……

35 亲情，需要整理（代后记）

很后悔，没让母亲帮我留下那双草鞋袜。

去年上半年，一次跟母亲通电话，说起以前上山砍柴，问母亲，我穿过的草鞋袜还在吗，母亲说，刚刚这几天整理屋子，还真有双你穿过的，没坏，但你们不可能再穿了，就当废品处理了。我有点埋怨母亲，怪她没把草鞋袜留下来。

需与草鞋配套穿的草鞋袜，于我，有特别的情结。做草鞋，是父亲自得的事情，主要用稻草和棕榈丝搓成的细绳作材料，但草鞋不经穿，一双穿不了一个月也就破了。草鞋袜，是奶奶给缝，用麻布缝成，类似红军过草地时的绑腿，又像现在齐膝的长筒靴。草鞋袜的底儿，则用细点的布缝制。上山砍柴，只要穿着奶奶缝的草鞋袜，柴丛的刺就扎不进去，也不怕了虫蛇，既护腿，又增加安全感，冬天穿着它上山还特别暖和。

没留下草鞋袜，是内心的遗憾。草鞋和草鞋袜，承载着奶奶和父亲对我们的关怀，还有那个特殊年代的生活艰辛与温暖。其实，遗憾何止是草鞋袜未能留下。这么多年，因为几次搬家，依稀记得二十年前回家过年，父亲、母亲和四个孩子，全家应该是合过影的，父亲2010年突然辞世，我很想找出来翻拍或扫描保存，可怎么找也找不到。哥哥与我也曾有过合影，同样是翻箱倒柜也找不着。

找不到照片，内心愧疚，也因为这份愧疚，母亲来北京小住时，我给母亲照了很多很多照片，不仅洗了一百多张，还放大了好几张，从北京带回老家。2011年下半年起，我开始写亲情博文。关于父亲、母亲，关于曾经那个年代的生活，关于那个小山村，关于年夜饭，关于父亲做磅，关于母亲借钱……太多的情形，一直就没离开自己的记忆，有的不时与现实的生活感触交织在一起，有的则因为每天跟母亲通话而得到佐证或补充。我很幸运，母亲辞世前的一年，曾多次与她电话里聊过去的事，让我有机会整理出五十多篇记录亲情的文字。母亲不识字，并不知道我要做什么，当我第一次把电台主持人朗诵的博文放给她听时，母亲说："原来你是要写文章啊，我说呢，你常问老早的事干吗呢。"听了音频的老人，不无欣慰。

亲情，是每个人内心感触最自然的，但我们总是因日常生活而奔波，忙于各种各样的打拼，忙于各种各样的愿景规划，独独忘了整理生命里的亲情。我们忘了父亲母亲或兄弟姐妹曾经的喜欢或不喜欢，友亲、同学的滴水之恩或者曾经的同甘苦共患难。我们淡忘着亲人的在意或不在意，总是想起时会打个电话，或者买点东西寄点钱表示心意，而因为我们的丢三落四，一次又一次地忘了、忘了，遗落了太多的亲情。

　　亲情，有时需要整理。整理亲情，会温馨你的心灵，让生命更温暖。